KB049081

모든 요일의 여행

© 김민철, 2016

이 책의 저작권은 저자에게 있습니다.
저작권법에 의해 보호를 받는 저작물이므로
저자의 허락 없이 무단 전재와 복제를 금합니다.

낯선 공간을 탐닉하는 카피라이터의 기록

모든 요일의 여행

김민철 지음

북라이프
booklife

모든 요일의 여행

1판 1쇄 발행 2016년 7월 25일
2판 1쇄 발행 2021년 7월 6일
2판 7쇄 발행 2024년 11월 8일

지은이 | 김민철
발행인 | 홍영태
발행처 | 북라이프
등 록 | 제2011-000096호(2011년 3월 24일)
주 소 | 03991 서울시 마포구 월드컵북로6길 3 이노베이스빌딩 7층
전 화 | (02)338-9449
팩 스 | (02)338-6543
대표메일 | bb@businessbooks.co.kr
홈페이지 | http://www.businessbooks.co.kr
블로그 | http://blog.naver.com/booklife1
페이스북 | thebooklife
ISBN 979-11-85459-52-3 03810

* 잘못된 책은 구입하신 서점에서 바꾸어 드립니다.
* 책값은 뒤표지에 있습니다.
* 북라이프는 (주)비즈니스북스의 임프린트입니다.
* 비즈니스북스에 대한 더 많은 정보가 필요하신 분은 홈페이지를 방문해 주시기 바랍니다.

비즈니스북스는 독자 여러분의 소중한 아이디어와 원고 투고를 기다리고 있습니다.
원고가 있으신 분은 ms3@businessbooks.co.kr로 간단한 개요와 취지, 연락처 등을 보내 주세요.

행복을 향한 몸짓이
이토록 노골적으로 드러나는 행위가
여행 말고 또 있을까.

Paris, France

Lauris, France

Lisbon, Portugal

프롤로그

'나는 여행을 좋아한다.'

이 말은 뻔하다. 굳이 종이를 낭비해가면서까지 쓸 필요는 없는 말이다. 그렇다면 이렇게 바꿔보면 어떨까.

'왜 나는 여행을 좋아하는가.'

갑자기 문장은 풍성해지기 시작한다. 다른 햇살이 스며든다. 공기의 질감까지 부드러워진다. 심장 어딘가가 간질간질해진다. 오후 다섯 시의 그 하늘을 이야기하고 싶어진다. 한낮 차가운 와인을 마신 듯한 기분이 되기도 한다. 낯선 골목이 노래로 가득 차기도 하고, 낯선 얼굴이 두둥실 떠오르기도 한다. 유난히 작았던 숙소가 문득 다정하게 느껴지기까지 한다. 비바람에 고립되었던 그 아찔했던 순간은 인생의 모험으로 포장된다. 폭포 앞에 서는 사람도, 골목 끝에 서는 사람도, 끝없는 시골길 위에 서는 사람도 있을 것이다. 지나간 연인의 얼굴이 겹쳐지는 사람도 있고, 유독 높았던 웃음소리가 덧입혀지는 사람도 있을 것이다. 문장 하나 바꿨을 뿐인데 저마다의 여행은 저마다의 이야기로 빛나기 시작한다. 좀처럼 바래지 않는 빛들로 눈이 부실 지경이다.

각자의 여행엔 각자의 빛이 스며들 뿐이다. 그 모든 여행 끝에 내가 내린 결론이다. 분명 같은 곳으로 떠났는데 우리는 매번 다른 곳에 도착한다. 나의 파리와 너의 파리는 좀처럼 만나지지 않는다. 나의 보석은 너의 보석이 될 수 없다. 그렇다면 이것은 과연 여행지의 문제인 걸까. 여행을 떠나는 시기의 문제인 걸까. 우연히 만나는 사람들의 문제인 걸까. 어쩌면 나의 문제일지도 모르겠다는 생각을 했다. 결국 나는 내 깜냥만큼의 여행을 할 수 있을 뿐이니까.

그러니 나는 나의 빛을 기록하고 싶었다. 무엇보다 그 빛은 나를 고스란히 드러내는 빛이었기에. 미처 몰랐던 취향이, 애써 외면했던 게으름이, 떨칠 수 없는 모범생적인 습관이, 난데없는 것에 폭발하곤 하는 성질머리가, 또 어지간한 것들은 무턱대고 긍정적으로 해석해버리는 단순함이 여행의 빛 아래에서 드러났다. '나는 이런 걸 좋아하는 사람이구나, 나는 이런 걸 못 견디는 사람이구나, 나는 이런 걸 위해서는 다른 모든 걸 포기해버릴 수도 있는 사람이구나, 나는 저런 사람을 좋아하는구나' 등등 여행을 통해 나는 나에 대해 진지하게 배웠다. 여행이 내게 나를 말해주었다.

그렇다면 이제 내가 여행에 대해 말해줄 차례다. 그 어떤 여행기도 여행보다 위대할 수는 없다는 걸 알면서도. 그리하여 결국 실패로 돌아갈 걸 알면서도 꾸역꾸역 말해볼 생각이다. 너무 뻔한 말이지만, 굳이 종이를 낭비해가면서까지 쓸 필요는 없는 말이지만, 나는 여행을 좋아하니까.

2016년 7월

김민철

Chiang Mai, Thailand

차례

모든 요일의 여행

아무것도 하지 않아도 괜찮다고.
여기는 서울이 아니라고. 오롯이 너의 시간이라고.

일상을 떠나,
일상에 도착하는 여행

사는 시간이 따로 있고 삶을 증언하는 시간이 따로 있는 법이다.[1]

사는 시간은 도처에 널려 있었다. 살고 싶다는 의지와 관계없이 자동으로 살아갈 수 있도록 이 사회는 완벽한 시스템을 구축해놓고 있었다. 아침에 눈을 뜨면 회사를 나가고, 점심시간이 되면 유령 같

1. 알베르 카뮈, 《결혼 · 여름》, 책세상, 1989

은 모습으로 지갑을 들고 회사 앞 식당에서 밥을 먹었다. 야근을 하다 새벽이 되면 그제야 눈이 초롱초롱해졌고, 해 뜨는 모습을 보며 잠들었다. 아침은 어김없이 왔고, 발작적으로 일어나서 머리를 감고 화장을 하고 집 밖으로 뛰어나가 버스를 탔다. 이렇게 살아야 할까 매일 고민을 하면서도 결국 정신을 차려보면 나는 출근길 버스 안에서 졸고 있었다. 삶은 엄청난 결단을 내리지 않아도 그냥 살아지는 것이었다.

다섯 명의 팀 사람들 중 세 명이 우울증과 목 디스크 또는 허리 디스크 진단을 받았다. 그냥 가만히 있었으면 그렇게 계속 살아질 텐데, 우울해도 목이 불편해도 허리가 아파도 어떻게든 살아질 텐데, 팀장님은 과감하게 한 달 휴가를 선언했다. 이렇게 사는 건 사는 게 아니라고 말했다. 그러면서도 정작 그는 쉬는 방법을 알지 못했다. 이런 삶이 아닌 다른 삶이 있다는 것은 알지만, 정작 그는 자신의 삶을 다른 방식으로 바꾸는 법을 알지 못했다. 팀장이 그러할진대 팀원들이라고 다를 바는 없었다. 하늘에서 뚝 떨어진 한 달의 휴가 앞에 모두들 우왕좌왕했다. 나는 믿기지 않는 행운 앞에서 입을 딱 벌리고 있다가 정신을 차리고 컴퓨터 앞에 앉았다. 여행사 사이트에 접속했다. 도쿄행 티켓을 구매했다. 4월이었고, 도쿄가 생각났다. 그곳엔 친구가 살고 있었다. 왜 도쿄냐고 사람들이 물었다. 늘 도쿄에서 딱 한 달만 살아보는 게 소원이었다고 대답했다. 실은 도쿄가 아닌 다른 곳이어도 상관없었다. 다만 나에게는 '삶을 증언하는 시간'이 필요했을 뿐이다. 그냥 사는 것만으로는 삶을 증언하기에 턱없이 부족하다는 사실을 나는 이미 깨닫고 있었다.

도쿄에 살고 있는 친구의 집에 22일간의 여장을 풀었다. 새벽에 잠들고 아침에 늦게 일어나는 패턴이 익숙했던 나를, 친구는 새벽부터 깨웠다. 미소시루와 완두콩밥, 양배추 샐러드와 잘 구워진 스팸, 김치와 장조림. 친구는 있는 반찬 없는 반찬 다 차려내 놓고 눈곱도 채 떼지 못한 나를 밥상머리에 앉혔다. 밥상을 깨끗이 비우고 커피까지 넙죽넙죽 얻어 마셨다. 친구는 학교 갈 준비를 하고 나는 그 앞에 앉아 끊임없이 쫑알거렸다. 오늘은 어딜 가지? 뭘 하지? 네 학교는 어느 동네야? 그 근처에 어디 갈 만한 곳 있어? 학교는 언제 마쳐? 내가 데리러 갈까? 근데 나는 오늘 어딜 가지? 아무런 계획이 없었고, 해야 할 일 따위는 없었다. 여기는 서울이 아니었다. 가만히 있어도 살아지는 나의 도시가 아니었다. 가만히 있기로 작정한다면 그 누구의 간섭도 받지 않고 끝까지 가만히 있을 수 있는 곳이었다. 시스템으로 말하자면 도쿄는 서울보다 2,417배쯤 정교했다. 다만, 나를 위한 시스템은 도쿄 어디에도 없었다. 나는 오직 나를 위해서, 나의 시스템을 스스로 구축해내야만 했다.

어떤 의미에서는, 내가 지금 도박하고 있는 것은 분명 나

스스로의 삶이다.[2]

무턱대고 닛포리 지하철 역에 내렸다. 관광책자에는 없는 곳이었다. 낡은 골목들이 끝없이 이어지는 곳이었다. 마음에 드는 골목을 따라 한없이 들어가다 보면 고양이가 나타나 나를 또 다른 골목으로 이끌었다. 누군가의 집 옆에는 공동묘지가 있었다. 정적이 흐르는 그 골목길엔 고양이와 나만 있었다. 4월 햇살에 고양이는 눈을 가늘게 떴다. 나도 가늘게 눈을 뜨고 가만히 있노라면 생生과 사死의 경계가 희미해지는 느낌이었다. 공동묘지 옆으로 우체부 아저씨가 자전거를 타고 지나가며 나를 다른 골목으로 이끌었다. 골목마다 꽃이 흐드러지게 피어 있었고, 할머니 할아버지들이 고요히 나를 스쳐 지나갔다. 생명을 가진 것들도, 생명을 가진 적이 없었던 것들도 모두 고요했다.

그렇게 낯선 골목을 네 시간 동안 헤맸다. 점심시간이 지나고 있었다. 밥을 먹으러 들어간 카페에는 손님이 한 명도 없었다. '커피'라는 말도 못 알아듣는 주인장에게 식사를 주문하는 건 불가능한 일이었다. 읽지도 못할 메뉴판은 덮고 "코히-"라고 짧게 주문했다. '기묘하지만 마음에 드는 동네다'라고 메모를 했다. 이제 그만 여기를

---

2. 알베르 카뮈, 《결혼 · 여름》, 책세상, 1989

Tokyo, Japan

Tokyo, Japan

빠져나갈까? 라고 생각하는 순간 또 다른 풍경이 말을 거는 동네였다. 아까와는 또 다른 자전거, 또 다른 화분과 꽃, 또 다른 골목이 펼쳐지는 동네였다. 유명한 것 하나 없었지만, 그것 말고는 모든 것이 있는 동네였다. 화분과 꽃과 낡은 골목길과 함께 느긋해져도 좋았다. 딱히 해야 할 일이 있는 것도 아니었고, 꼭 가야 할 곳이 있는 것도 아니었다. 하지만 일상에 대한 강박관념에서 벗어나기 위해 떠나온 여행에서 나는 또 뭔가를 해야만 한다는, 어딘가에 가야만 한다는 강박관념에 사로잡히고 있었다. 머리를 양쪽으로 흔들어 그 생각을 떨쳐냈다. 그리고 나 자신에게 말해줬다. 괜찮다고. 아무것도 하지 않아도 괜찮다고. 여기는 서울이 아니라고. 오롯이 너의 시간이라고.

저녁이 될 때까지 계속해서 걸어 다녔다. 지하철 역에서 다시 친구를 만났다. 집 근처에서 저녁을 사먹고, 마트에 들러서 찬거리를 샀다. 매실 장아찌도 사고 연어도 사고 캔맥주도 여러 개 샀다. 일본식 아침을 해먹자며 친구와 낄낄댄다. 그러다 문득, 이 순간을 찾아 내가 도쿄까지 왔다는 걸 알아버렸다. 이 순간이 서울에서 내가 그토록 원하던 일상이라는 걸 알아버렸다. 회사 갈 걱정에 이불 속에서부터 소리를 지르지 않아도 되는 일상. 이른 아침 단박에 깰 수 있고, 왠지 억울한 심정을 가지지 않아도 되는 일상. 출근길에 삼각김밥이나 우유를 입에 쑤셔 넣지 않아도 되는 일상. 집에 들어오기 전에 내일 먹을 음식을 간단하게 장볼 수 있고, 피곤하다며 멍하게 TV 앞에 앉아 있지 않아도 되는 일상. 이것도 해야 하는데, 저것도 해야 하는데, 라며 강박관념에 사로잡히지 않는 일상. 정직하게 몸을 움직이고, 머리는 잠시 쉬게 만들 수 있는 일상. 피곤해진 몸 덕분에, 끊임없이 돌아가지 않아도 되는 머릿속 덕분에 이른 시간에 잠을 청하게 되고 그리하여 다시 일찍 일어날 수 있는 일상. 일상을 벗어나 여행을 하러 온 곳에서 나는, 비로소 원하던 일상의 리듬을 찾는 중이었다. 어쩌면 원하는 일상을 살아가는 것만으로도, 그 안에서 행복을 찾을 수만 있다면, 우리는 우리의 삶을 충분히 증언할 수 있을지도 모른다.

> 나는 인간으로서 내가 맡은 일을 다 했다. 내가 종일토록 기쁨을 누렸다는 사실이 유별난 성공으로까지는 아니라 하더라도, 어떤 경우에는 행복해진다는 것만을 하나의 의무로 삼는 인간 조건의 감동적인 완수라고 여겨지는 것이었다.[3]

---

3. 알베르 카뮈, 《결혼 · 여름》, 책세상, 1989

모든
요일의
여행 :
01

Semur-en-auxois, France

예전 책에
'여기서 행복할 것'
이라는 말을 써두었더니
누군가 나에게 일러주었다.

'여기서 행복할 것'의 줄임말이
'여행' 이라고.

나는 크게 고개를 끄덕였다.

나는 여행을 떠났지만 여행지에 도착하고 싶지 않았다.
일상에 도착하고 싶었다.

숙소와 여행

'떠난다'라는 말은 필연적으로 '도착한다'라는 말에 도착한다. 어떤 곳에도 도착하지 않는 유목민은 없는 것처럼, 끊임없이 떠나기만 하는 여행자도 없다. 우리는 떠난다. 그리고 반드시 어딘가에 도착한다. 그것이 여행자의 숙명이다. 문제는, 어디에 도착하느냐는 것이다. 나는 여행을 떠났지만 여행지에 도착하고 싶지 않았다. 일상에 도착하고 싶었다. 그것이 얼마나 매혹적인 일인지 이미 도쿄에서 깨달아버렸다. 일상을 떠났으면서 다시 일상에 도착하고 싶다는 이 모순. 이것이 내가 풀어야 하는 숙제였다. 어느새 내 여행의 목표가 되어버렸다. 그렇다면? 방법부터 달라져야 했다.

가장 먼저 내가 바꾼 것은 숙소였다. 분명 호텔의 미덕이 있다. 하얀 시트와 깨끗하게 정리된 방과 푸짐하게 차려낸 아침. 일상에서는 만나기 힘든 말끔한 얼굴들. 누군가는 호텔에 들어서는 것만으로도 이미 여행이 시작된 기분일 것이다. 하지만 내게 필요한 것은 서울이나 파리나 도쿄나 다 같은 얼굴을 한 호텔방이 아니었다. 하얀 호텔방의 익명성이 아니었다. 멸균된 그 공간을 거치지 않고 속살로 직행하고 싶었다.

답은 집을 빌리는 것이었다. 단 며칠짜리 집이라도 우리 집이 필요했다. 비슷하지만 하나도 비슷하지 않은 도시마다의 시장에 갔다가 돌아올 골목이 필요했다. 양손 가득 낯설고 궁금한 재료들을 사서 돌아올 대문이 필요했다. 서툰 실력을 뽐내며 엉망으로 만들어버릴 부엌이 필요했다. 신기한 맛의 음식을 두고 술 한잔할 테이블이 필요했다. 그 음식보다 더 맛있을 창밖 풍경도 필요했다. 너무 좋은 집은 부담스러웠다. 너무 비싼 집도 필요 없었다. 그런 집은 나의 일상이 아니었기 때문이다. 다만 깨끗해야 했다. 남의 허물까지 치우고 싶진 않았으니까. 아무리 일상을 꿈꾸어도 이건 여행이니까.

알랭 드 보통이 사람들에게 이런 질문을 던졌다고 한다. 만약에 '좋은 식사와 나쁜 숙소', '나쁜 식사와 좋은 숙소' 중에 고르라면 뭘 고르겠는가? (If you were in a city and had to choose between a good meal and a bad hotel, or a bad meal and a good hotel—which would you prefer?) 회사에서 점심을 먹다가 누군가 꺼낸 이 질문에 저마다 다른 선택을 했다. 곰곰이 생각해봤지만 나는 아무래도 전자를 택할 수밖에 없었다. 호텔 대신에 집을 택하고, 중심가의 비싼 숙소보다는 중심에서 비껴난 곳의 싼 숙소를 택하는 내 성향을 생각해봤을 때, 좋은 숙소에 대한 미련은 없는 것이 분명했다.

하지만 그 후 여행을 떠날 때마다, 새로운 숙소에 도착할 때마다 그 질문은 계속해서 나를 따라다녔다. 나는 정말로 좋은 식사와 나쁜 숙소를 택하는 사람인가? 몇 개월 동안 고심해서 고른 이 평범한 숙소가 지금 내겐 이토록 완벽한데? 수십만 원짜리 호텔과 이 숙소 중에 고르라고 한다면 나는 조금의 망설임도 없이 이 숙소를 택할 텐데? 그 질문이 나를 따라다닌 이유는 분명했다. 나는 좋은 식사와 나쁜 숙소를 택하는 사람이 아니었기 때문이었다. 나는 좋은 식사와 '나에게 좋은 숙소'를 택하는 사람인 것이다. 다만 좋은 식사가 꼭 비싼 식사를 의미하는 것은 아닌 것처럼, 나에게 좋은 숙소의 기준이 그다지 높지 않고, 그다지 비싸지 않을 뿐인 것이다.

파리에서의 숙소가 떠올랐다. 2주가 넘는 시간 동안 머물러야 했기에 비싼 숙소는 곤란했다. 방학이라 한국으로 돌아간다는 한 유학생의 방을 빌렸다. 파리에서 가장 트렌디한 지역에 있는 숙소를 하루 3만 원 정도의 가격에 빌릴 수 있다니! 운이 좋다, 라고 생각했다. 이십 대 초반의 그 남자는 입이 닳도록 청결을 말했다. "마지막에 떠나기 전에 이불 빨래를 한 번 해주시고요. 그리고 변기 청소는 옆에 있는 세제로 꼭……." 이토록 청결을 중요시하다니, 역시 나는 운이 좋아, 라고 다시 한 번 생각했다. 깨끗하게 잘 쓰고 돌려드릴게요, 라고 말하면서 살짝 긴장도 했다. 하지만 그 집의 문을 열고 들어가서 구석구석을 살펴보는 순간 웃음이 나왔다. 이십 대 초반 남자의 청결 기준이란 삼십 대 주부의 청결 기준과 꽤 많이 달랐기 때문이다. "아이구야, 이렇게 해놓고 살면서 청결을 내게 이야기했단 말이야?"라며 나는 창문을 열어 환기부터 했다.

결론부터 말하자면, 그 숙소는 엉망이었다. 매트리스가 너무 푹 꺼져 있어서 하루만 자도 허리가 아팠고, 제대로 된 의자 하나 없었다. 너무 낡은 이불은 보온도 잘 안 된다는 걸 그 집에서 배웠다. 어느 밤엔 너무 추워서 남편을 난로 삼아 잘 수밖에 없었다. 하지만 동시에 그 숙소는 우리에게 완벽한 숙소였다. 매일 아침저녁으로 창문을 활짝 열고 그 앞에 식탁을 차렸다. 노을이 지는 걸 보며 와인을 마시고, 1층에서 경비 아주머니가 화단에 물 주는 걸 보며 아침을 차렸다. 살살 걸어 공원에 가서 술을 마시다 돌아왔고, 그 좁은 집에서 빨래를 재주 좋게 널었다. 빛이 너무 좋았던 어느 일요일엔 집에서 오후 내내 뒹굴기도 했다. 늘 음악을 크게 틀었고, 늘 하늘을 오랫동안 바라봤다. 그 숙소에서는 시간이 느리게 갔다. 완벽한 파리는 그

파리 숙소에서

포르투 숙소에서

집에서 완성되었다.

좋은 숙소는 중요하다. 좋은 식사만큼이나 여행에서 중요하다. 다만 좋은 숙소가 꼭 비싼 숙소는 아니다. 지금 내게 좋은 공간, 내가 편안해지는 공간. 샤워기는 좀 불편해도, 화장실이 좀 좁아도, 컵들은 하나같이 짝이 안 맞아도, 나무 바닥이 삐걱거려도, 매트리스가 좀 딱딱해도, 나에게 좋은 숙소란 나의 일상 같은 숙소였다. 완벽해 보이진 않지만, 내 몸을 구겨 넣는 순간 마음이 편안해지는 숙소. 지금 막 도착했지만, 며칠은 산 것처럼 순식간에 익숙해지는 숙소. 긴 하루를 끝내고 집에 돌아왔을 때 편안하게 한숨을 내쉴 수 있는 숙소. 완벽하지 않더라도 내겐 완벽한 숙소. 수많은 집들이 떠오른다. 어쩌면 그 집들에 도착하기 위해 다시 여행을 떠날지도 모르겠다고 종종 생각한다.

> 함께 브리악에 있는 우리 집에 머물던 때가 생각난다. 시간은 집 안으로 들어오지 못하고 자기를 낮춘 채 밖에 서 있었다. 시간이 어찌나 잘 훈련되어 있던지 마을에 간 그녀가 늦게까지 돌아오지 않아야 비로소 짖어대기 시작했다.[1]

---

1. 로맹 가리, 《여자의 빛》, 마음산책, 2013

피렌체 숙소에서

모든
요일의
여행 :
02

Lisbon, Portugal

트램이 섰다.
문이 열렸다.
정거장도 아닌데.

아무도 내리지 않고
아무도 타지 않는다.
그저 동네 아줌마들과
차장의 수다만
타고,
내린다.

대단한 무언가를
보기 위해 떠나온 것이 아니다.
어쩌면 이렇게
아무것도 아닌 것을
아무것도 아니지 않게 여기게 되는
그 마음을 만나기 위해 떠나온 것이다.

어떻게 내가 여기까지 왔는데 안 행복할 수 있겠는가.
어떻게 감히 행복을 의심할 수 있겠는가.

반성문을 쓰는 여행

에펠탑 아래에서 남편은 잠을 잤고 나는 반성문을 썼다. 에펠탑 불꽃놀이를 기다리는 사람들 틈에 앉아, 노트를 펴들고, 끝도 없이 반성문을 써내려갔다. 그것도 여행 첫날에. 도대체 어디서부터 잘못된 걸까?

분명 완벽한 하루의 시작이었다. 인천에서 여섯 시간이 걸려 말레이시아에 도착한 후, 여덟 시간을 기다려 파리행 비행기를 탔다. 총 스물일곱 시간이나 걸린 대장정이었지만, 무사히 파리에 도착했다. 공항에서 숙소로 오는 길도 무사했다. 숙소는 모든 면에서 너무 원했던 그대로였다. 마침 집 근처에서 재래시장이 열리는 날이라 장을 봤고, 궁금했던 시장 음식들을 사먹었다. 방금 산 재료들로 집에 와서 점심을 차려 먹고, 짐을 풀며 좀 쉬었다. 다시 밖으로 나와 유명한 아이스크림 가게에서 아이스크림도 사먹었고, 일요일에 연 약국에서 필요한 화장품들도 샀다. 약간 지치는 것 같아 분위기 좋은 카페 테라스에 앉아서 거품이 풍성하고 가격까지 풍성한 맥주를 마시며 기력을 회복했다. 그리고 좀 많이 걸었지만 어쨌거나 에펠탑까지 왔고, 풀밭에 담요를 깔고 와인을 땄고, 낮에 시장에서 산 치즈와 체리와 바게트와 페스토 소스까지 완벽하게 다 세팅했다. 도대체 무엇이 문제란 말인가.

문제는 내 욕심이었다. 스물일곱 시간이 걸려 도착한 도시였고, 그게 하필 파리였고, 마침 도착한 시간이 이른 아침이었고, 그날이 하필 프랑스 혁명 기념일이었고, 그렇다면 에펠탑에서 불꽃놀이가 있을 테고, 파리와 에펠탑과 불꽃이라니! 결국 나는 또 욕심을 내고 있었던 것이다. 좀 쉬어도 됐을 텐데, 좀 천천히 가도 됐을 텐데, 남편이 눈에 띄게 지쳐가는 걸 인정해야 했었는데. 솔직히 에펠탑 불꽃놀이 따위는 건너뛰어도 됐었다. 집 앞 불꽃놀이에도 관심이 없었으면서 왜 멀리까지 날아와서 이 고생일까. 사람들이 너무 많이 몰려 길목마다 경찰들이 막아선 이 에펠탑 근처에서, 인파에 밀려 지하철도 못 타고 걸어서 또 걸어서 에펠탑 앞에 겨우 도착해서, 걸으면서도 졸고 있는 남편을 애써 무시하면서까지 내가 얻고 싶은 게 도대체 무엇이란 말인가. 기껏해야 에펠탑 머리만 살짝 보이는 풀밭에 겨우 자리를 잡고 도대체 뭘 어쩌겠다는 건가. 해가 저물어야 불꽃놀이가 시작되기에 아직 다섯 시간은 더 기다려야 하는데, 나는 여기서 어쩌겠다는 건가. 남편에게 좀 자라고 말했다. 남편은 괜찮다, 라고 말하다가도 꾸벅 졸았다.

"다섯 시간은 더 넘게 기다려야 해. 해 지려면 한참이야."

"그럼 나 조금만 잘게."

풀밭에 누워 자는 남편을 보며 나는 나 스스로가 한심하고 또 미워서 견딜 수가 없었다. 도대체 뭘 보려는 건가. 뭘 이렇게까지나 보려는 건가. 나는 노트를 꺼냈다. 반성문을 써내려갔다. 왜 늘 이 모양이지. 파리는 왜 계속 나에게 숙제가 될까. 난 왜 포기하지 못할까. 왜 유독 파리에서는 적당히 템포 조절하는 법을 배우지 못하는 걸까.

> 적은 보이지 않았다. 아니, 오히려 그들 안에 있었다. 그들을 타락시키고, 부패시켰으며 황폐화시켰다. 그들은 속고 있었다. 그들은 자신들을 조롱하는 세상의 충실하고 고분고분한 소시민이었다. 기껏해야 부스러기밖에 얻지 못할 과자에 완전히

빠져 있는 꼴이었다.[1]

《사물들》이라는 제목을 가진 조르주 페렉의 이 소설에는 사물에 대한 열망에 인생을 저당 잡힌 남녀가 주인공으로 나온다. 그들에게는 '파리 전체가 영원한 유혹'이었고, 그들이 집착하는 것은 '소유의 기호들을 계속 늘'리는 것이었다. 사물들에 대해 비슷한 취향을 가졌으며, 부자가 되고 싶다는 열망에 사로잡힌 사람들과 친구가 되었다. 그들은 삶을 사랑하기에 앞서 사물들을 사랑했다. 이상한 일이었다. 파리에만 도착하면 조르주 페렉의 소설 속 주인공이 된 기분이 들었다. 이상하게 파리에서는 그랬다. 물질에 대한 욕망과 그럴싸해 보이고 싶다는 욕망, 누구에게 보여줘도 부러워할 만한 여행을 만들고 싶다는 욕망에 나는 어쩔 줄을 몰랐다.

4년 전 혼자 파리에 왔던 때가 떠올랐다. 그때 내게 파리는 거대한 숙제였다. 대학교 때 잠깐 와본 걸로 나는 파리를 내 고향으로 여기고 있었으니, 다시 가는 파리는 무조건 최고여야 했다. 내 고향이니까. 언어도 안 통하고, 아는 사람도 하나 없는 이상한 고향이지만, 무슨 상관이람. 무작정 정보를 수집했다. 인터넷에도 책에도 파리에

---

1. 조르주 페렉, 《사물들》, 김명숙 옮김, 펭귄클래식코리아, 2011

Paris, France

대한 정보는 넘쳐 흐르고 있었으니 어려운 일 하나 없었다. 보는 곳마다 멋있어 보였고, 내가 거기에 있다는 걸 상상만 해도 벅찼다. 보는 사진마다 맛있어 보였고, 나도 저런 음식 꼭 먹어봐야지 다짐했다. 가야 할 곳, 봐야 할 것, 먹어야 할 것, 놓치지 말아야 할 것들로 파리를 빼곡히 채웠다. 그렇게 호기롭게 도착한 파리에서 나는 자꾸 길을 잃었다. 아니, 목적지를 잃었다. 가야 할 곳이 너무 많았기에 나는 어디를 가야 할지 몰랐다. 먹어야 할 것이 너무 많았지만 겨우 찾아가서 먹은 것들은 모두 의아한 맛이었다. 이걸 위해서 왜 여기까지, 라는 생각을 억지로 밀어냈다. 맛있어야 했다. 나는 행복해야 했다. 파리에 왔으니까. 어떻게 내가 여기까지 왔는데 안 행복할 수 있겠는가. 어떻게 감히 행복을 의심할 수 있겠는가. 어느새 나는 행복을 연기하는 배우가 되었다.

4일째 되던 날 저녁, 나는 또 목적지를 잃었다. 끝없이 멍청한 관광객으로만 머물러 있는 일에도 지쳤다. 공원 벤치에 앉아 찬찬히 가져온 정보들을 보았다. 뮤직 페스티벌이 눈에 띄었다. 여기까지 와서 재즈 공연을 보는 내 모습을 상상하니 멋져 보였다. 지하철을 타고 무작정 공연장으로 갔다. 당연히 전부 매진이었다. 그냥 이대로 집에 가버릴까 생각하는 순간 잘생긴 직원이 한마디 덧붙였다.

"저기서 기다리든가요. 제가 보기엔 가능성이 없어 보이지만."

직원이 가리키는 쪽을 보니 스무 명 정도의 사람이 줄 서 있었다. 그 뒤에 얌전히 섰다. 달리 할 일이 없었기에. 여기가 겨우 정한 목적지였기에. 한 시간 동안이나 묵묵히 기다렸다. 그랬더니 표가 생겼다. 설레는 마음으로 들어갔더니 이미 첫 곡이 시작된 후였다. 근데 음악이 낯설었다. 파리의 낭만에 딱 어울리는 재즈 공연을 기대했는데 아프리카 색이 완연한 재즈 음악이었다.

처음엔 멍했다. 이런 건 처음이라서. 별 감흥 없이 무대를 바라보고 있는데 흥이 오른 누군가가 무대 바로 밑으로 뛰어나가 춤추기 시작했다. 경호원들이 뛰어나와서 그 관객을 붙잡았다. 그 순간, 수천 명의 관중들이 경호원들을 향해 야유를 보냈다. 할아버지 뮤지션도 천천히 노래를 하며 음악처럼 천천히 몸을 움직여 경호원에게 붙잡힌 남자 앞으로 갔다. 그 남자를 인자하게 바라보며 노래를 불렀다. 갑자기 더 많은 사람들이 앞으로 뛰어나가기 시작했다. 통제불능의 숫자. 뮤지션도 관객의 편. 경호원들에겐 선택의 여지가 없었다. 결국 경호원들이 옆으로 비켰다. 그 순간, 공연장 전체가 달아오르기 시작했다. 우리가 이겼다는, 음악 아래에서 춤을 출 권리는 모두에게 있다는, 결국 그 당연한 권리를 우리 모두 지켜냈다는 승리감이 공연장 전체에 터져나갈 듯했다. 앞으로 뛰어나가는 행렬은 계속 이어졌다. 다 같이 춤을 추며 환호했다. 나는, 나는, 자리에서 발을 구르고 소리 지르고 몸을 흔들며 웃었다. 너무 웃다 보니 나중엔 눈물이 터져나왔다. 그때였다. 뭔가 스르르르, 내 속에서 빠져나가는 것이 느껴졌다.

아, 이게 씻김굿이구나. 서울에서 여기까지 데려온 슈퍼에고가 드디어 4일 만에, 마침내 여기에서 빠져나가는구나. 여행까지도 잘하도록 독촉하는, 실수 하나 없도록 감시하는, '지금'에 몰입하기보다는 '방금 전-지금-그다음'이라는 거대한 먹이사슬 안에 살도록 나를 길들인, 여기 주저앉아도 되는데 아무것도 안 해도 되는데 마치 그러면 큰일이라도 날 것처럼 나를 계속 채찍질한 나의 슈퍼에고. 그래서 파리도 하나의 거대한 숙제처럼 생각하게 만든 바로 그 슈퍼에고가, 마침내 나에게서 빠져나간 것이었다. 그래서 더 소리지르고, 더 춤추고, 더 울고, 더 웃었다. 그날의 그 깨달음을 4년 후 에펠탑 아래에서 겨우 꺼낸 것이었다.

이번에도 파리를 거대한 숙제로 만들 순 없었다. 9년 동안 회사를 다녀 겨우 얻은 한 달의 휴가. 이번에는 이곳에 한 달이나 머물러야 했다. 비싸고 부유한 기운만 가득한 이 도시에 이번에는 아무것도 모르는 남편까지 끌고 도착했는데, 이 도시의 겉만 핥고 다닐 수는 없었다. 이번에는 결코 그럴 수 없었다. 이 도시에게 직접 말할 기회도 주지 않고, 이 도시의 이야기를 들으려 하지도 않고, 그저 관광객들이 다니는 것처럼 같이 부유하며 이 도시의 화려한 면면만 넘나들고 싶지 않았다. 파리였기에. 내가 제일 좋아하는 파리였기에. 내 고향이라고 숱하게 떠들었던 파리였기에.

하지만 인정해야 했다. 첫날이었다. 나도 관광객이었다. 나도 이 도시가 낯설기만 했다. 세 번째 방문이었지만 여전히 이방인이었다. 관광객들 틈에 끼여 에펠탑 모가지만 구경하고 있는 지금 내 모습이 어쩌면 정확하게 이 도시에서의 나의 위치를 나타내주는 것이었다. 그게 당연한 일이었다. 그럼에도 불구하고 나는 그 사실이 견딜 수 없었다. 그 사실을 단호하게 거부하고 싶었다.

한 시간쯤 잤던 그가 일어났다. 해는 열 시가 넘어서까지 지지 않았다. 해가 져야 불꽃놀이를 시작할 텐데, 그래야 집에 가서 쉴 수 있을 텐데, 지금이라도 집에 가서 쉴까 어쩔까, 만감이 교차하는 와중에 나는 그에게 연신 미안하다고만 말하고 있었다. 그러다 보니 밤 열한 시, 드디어 불꽃놀이가 시작됐다. 짐을 챙겨 에펠탑 바로 아래로 갔다. 에펠탑의 처음 보는 얼굴이 시작됐다. 조명이 반짝였고, 불꽃이 터졌고, 연기가 깔렸다가 또 조명 색이 바뀌고 음악이 바뀌고 불꽃은 연신 펑펑거렸다. 그렇게 15분쯤 그 불꽃을 보고 있었던 것 같다. 아직 끝나려면 한참 남은 것 같았지만 단호하게 돌아서며 그에게 말했다.

"이제 됐어. 집에 가자."

나는 남편의 손을 잡고 불꽃을 등지고 걷기 시작했다. 내 등 뒤에서 파리는 내내 쿵쾅거렸고, 하늘빛은 이렇게 저렇게 바뀌었고,

불꽃놀이가 만들어내는 빛이 파리 건물들에 진한 그림자를 만들었고, 건물 벽마다 불꽃 그림자들이 펑펑거리며 만들어졌다가 지워지기를 반복했다. 나는 한 번도 뒤돌아보지 않았다. 계속 지하철 역을 향해 걸어갔다. 걸으면서 계속 나에게 말했다. 내가 또 잊어버릴까 봐 거듭해서 꼭꼭 씹어 말했다. '다시는 오늘 같은 날을 만들지 말자. 속도를 줄이고, 욕심을 줄이자. 너무 많이 안다는 것은 아무것도 모르는 것과 같은 이야기다. 그 독약을 섣불리 마셔선 안 된다. 지도와 정보를 내려놓자. 우리의 취향과 우리의 시선과 우리의 속도를 찾자. 오늘은 겨우 시작이니까. 시작의 미숙함은 언제나 용서되는 법이니까. 우선은 집으로 돌아가서 씻고 잠을 자자. 내일부터는 여행자가 되어보자. 우연한 행복을 찾아보자. 진짜 여행을 시작해보자.'

> 모든 행복은 우연히 마주치는 것이어서 그대가 길을 가다가 만나는 거지처럼 순간마다 그대 앞에 나타난다는 것을 어찌하여 깨닫지 못했단 말인가. 그대가 꿈꾸던 행복이 '그런 것'이 아니었다고 해서 그대의 행복은 사라져 버렸다고 생각한다면-그리고 오직 그대의 원칙과 소망에 일치하는 행복만을 인정한다면 그대에게 불행이 있으리라.[2]

---

2. 앙드레 지드, 《지상의 양식》, 민음사, 2007

Paris, France

Paris, France

모든
요일의
여행 :
03

Nimes, France

만약 인생이 한 권의 역사책이라면
아마도 여행은 그 역사책의
가장 전성기에 자리 잡고 있을 것이다.
늠름하게. 화려하게.

'대항해를 떠났지.'
'기이한 경험이었어.'
'잊지 못할 얼굴이 있어.'
'그 맛을 다시 볼 수 있다면.'
'다시 떠날 수만 있다면.'

이 전성기는 시간 앞에 무릎 꿇지 않는다.
좀처럼 바래지 않고 오래오래 곱씹어진다.
어떤 계절에 꺼내도 생생하게 펄떡이고 있다.
누구 앞에서 꺼내놓더라도 나만의 색깔로 찬란하다.

그러니 모든 여행자는
자신의 역사책에 전성기를 쓰는 사람.
결코 바스러지지 않을 인생의 한 챕터를 쓰는 사람.
더 빛나는 전성기를 꿈꾸며
다시 모험을 떠나는 사람.
여행자는 그런 사람.

이 음식이, 이 햇살이, 이 공기가, 이 나른함이, 이 매혹이,
그러니까 마주치는 이 모든 것이 일상이 되면 어떨까 상상해본다.

고향을 찾는 여행

첫사랑과 첫 여행을 잊을 수 있는 사람은 없다. 나의 처음은 스물한 살에 혼자 떠난 유럽 배낭여행이었다. 혼자도 처음, 비행기도 처음, 유럽도 처음, 배낭여행도 처음. 여행은 내내 고생이었다. 돈이 없었으니까. 돈이 없으니 먹을 게 없었다. 잘 곳이 없을 때엔 종종 기차역에서 노숙을 해버렸다. 결국 양말이며 티셔츠며 신발이며 가진 것 중에 멀쩡한 것은 하나도 남지 않았다. 극성맞은 햇빛 알레르기 덕분에 피부도 멀쩡한 부분은 하나도 남지 않았다.

하지만 한 달 넘는 여행을 마친 후 공항으로 가는 버스를 타며 나는 어이가 없었다. 돌아가야 한다는 사실이 목구멍으로 넘어가지 않았다. 도대체 왜. 왜 이 땅을 떠나 그 땅에 도착해야만 하는가. 나는 도대체 납득할 수 없었다. 한국 음식도 그립지 않았다. 민박집 주인아저씨가 마음껏 먹으라며 꺼내준 치즈만 그리웠다. 친구도 보고 싶지 않았다. 너무 보고 싶어 세 번이나 들러서 보고 또 봤던 미술관 한 귀퉁이의 조각상만 다시 보고 싶었다. 짝사랑하던 남자도 잊혀졌다. 기차에서 데우지 않은 햇반을 건네주며 먹겠냐고 물었던 아저씨를 더 사랑할 지경이었다. 그런데 왜 나는 돌아가야만 하는 건가. 내가 아무리 가슴을 탕탕 쳐봤자 바뀌는 것은 없었다. 돌아와야만 했다. 이곳이 나의 집이었으므로. 그리하여 나는 돌아온 이곳에서 이방인이 되기로 했다. 진짜 나의 집은 먼 곳에 있으니까.

그것이 시작이었다. 머릿속에서 끝없이 지구본을 돌리기 시작한 건. 끝없이 다음 여행지를 상상하고, 그곳에서 행복한 나를 상상하고, 그곳에서 일상을 살아가는 나를 상상했다. 어쩌면 그곳이 나의 고향일지도 모른다고 생각했다. 파리 뒷골목이, 이탈리아 작은 마을이, 이름 모를 섬마을이, 그러니까 여기가 아닌 모든 곳이 나의 고향일지도 모른다고 상상했다. 그 상상만으로도 서울은 때로 즐거워졌다. 나는 여기에서 이방인이니까. 난 언젠가는 나의 고향으로 돌아갈 사람이니까.

> 나는 이런 생각을 한다. 어떤 사람들은 자기가 태어날 곳이 아닌 데서 태어나기도 한다고. 그런 사람들은 비록 우연에 의해 엉뚱한 환경에 던져지긴 하였지만 늘 어딘지 모를 고향에 대한 그리움을 가지고 산다.[1]

내가 《달과 6펜스》의 주인공 스트릭랜드처럼 결단에 가득 찬 인물이었다거나, 혹은 결단을 늘 행동으로 옮기고야 마는 성공 수기들의 주인공이었다면 이야기는 달라졌을 것이다. 어쩌면 지금 이 글을 이탈리아 소도시에서 빨래를 널다 들어와서 쓰고 있을지도 모를 일이다. 어쩌면 브라질 오지를 탐험하면서 수첩에 이 글을 끄적이고 있을지도 모를 일이다. 하지만 지금 나는 일요일 오후에 겨우 빨래를 널고, 다음 날 출근을 괴로워하며 이 글을 쓰는 중이다. 나는 지극히 소심하고, 어설픈 확신 따위에 인생을 거는 치기를 가지고 태어나지 못했으므로. 나는 '만일'이라는 가정법에 인생을 송두리째 걸 수 있는 인간형이 아니므로. 스물한 살이 아니라 서른일곱 살쯤이 되고 나면 자기 자신에 대해 그 정도는 알게 된다. 동시에 결국 이곳이 나의 고향이라는 것도 알게 된다. 매일을 살아가는 이곳이 고향이 아니라면, 다른 곳에도 고향은 없다는 것을.

---

1. 윌리엄 서머셋 모옴, 《달과 6펜스》, 민음사, 2000

그럼에도 불구하고. 결론을 다 알고 있지만 그럼에도 불구하고. 바뀔 수 없는 진실이지만 그럼에도 불구하고. 내가 지금 사는 이곳이 고향인 것을 알지만 그럼에도 불구하고. 그럼에도 불구하고 나는 끝없이 여행을 꿈꾼다. 그럼에도 불구하고 마치 다른 생 하나를 준비하는 것처럼 여행을 준비한다. 그럼에도 불구하고 매번 여행 때마다 여기서 살아보면 어떨까 꿈꾼다. 이 음식이, 이 햇살이, 이 공기가, 이 나른함이, 이 매혹이, 그러니까 마주치는 이 모든 것이 일상이 되면 어떨까 상상해본다. 혹시 여기가 나의 고향이 아닐까 상상해본다. 깨지 않는 꿈은 없듯이, 끝나지 않는 여행은 없지만 그럼에도 불구하고. 그럼에도 불구하고.

Cinque Terre, Italy

'속을 비우고 와라. 우리는 조금만 먹을 사람을 원하지 않는다.'

책을 따라 떠나는 여행

이탈리아로 돌아가 이번엔 제대로, 다시 말해서 오래, 머물러야겠다고 작정했다. 그게 얼마가 될지는 나도 몰랐다. 잠깐? 잠깐의 두 배? 아니면 그 이상? (그런데 잠깐이라는 게 얼마지?) 이런 기회가 다시 오지 않을 거라는 이 거머리 같은 느낌이 사라질 만큼 오래. 마크는 몇 년쯤 머물 생각이었다. 나는 몇 년까지는 곤란하지만 (안 될 건 뭐람?) 얼마가 됐든 당분간 이탈리아로 돌아가야 한다는 건 분명했다. 안 그러면 남은 평생을 후회하며 살게 될 것 같았다.[1]

이탈리아행 비행기 티켓을 결제하자마자 책 한 권을 꺼냈다. 드디어 때가 되었다. 10년 전에 읽은 책, 빌 버포드의 《앗 뜨거워 Heat》에 나오는 고기의 신을 만날 때가. 《뉴요커》의 기자였던 저자는 고기의 신이라 불리는 다리오 체키니에게 고기의 모든 것을 배우기 위해 이탈리아 시골, 판자노로 떠난다. 그러고서는 방금 짜낸 올리브유와 방금 낳은 붉은 달걀과 그 지역의 포도로 만든 키안티 와인, 그리고 대량생산으로 길러지지 않은 가축들을 제외하고는 아무것도 없는 그곳에서 7개월을 보낸 후 자신이 원하는 모든 것은 그곳에 있다고 결론을 내린다. 빌 버포드는 고기의 신을 영접하기 위해 직장까지 그만뒀다는데, 나는 휴가 중 하루만 바치면 고기의 신을 만날 수 있었다. 내 위장이 버텨낼 수 있는 한에서 마음껏.

버스를 타고 토스카나 지방의 작은 마을, 판자노에 있는 체키니 정육점으로 갔다. 한국에서부터 그 정육점의 대표 고기 만찬을 예약해둔 터였다. 열다섯 명 정도가 한 테이블에 옹기종기 모여 앉아 세 시간이 넘도록 스테이크를 먹는 프로그램. 테이블보에 '속을 비우고 와라. 우리는 조금만 먹을 사람을 원하지 않는다'라고 당당하게 써놓은 식탁에 우리도 드디어 앉았다. 남편과 나를 빼고는 전부 이탈리아 사람들이었다. 밀라노에서, 이탈리아 저 남쪽에서, 이 식사를 위

1. 빌 버포드, 《앗 뜨거워 Heat》, 해냄, 2007

해 그들은 기꺼이 몇 시간을 운전해서 왔다고 말했다. 대화는 거기까지였다. 그들은 영어에 서툴렀고, 우리는 이탈리아어에 무지하니, 우리의 언어는 스테이크가 될 수밖에 없었다.

식탁 위에는 각종 채소가 차려져 있었지만, 그건 어디까지나 죄책감을 가리기 위한 용도였다. 우리의 시선은 압도적인 고기로 향했다. "이걸 우리가 다 먹는다고?" "다 먹으려면 백 명은 필요할 것 같은데?" 우리는 시작부터 기가 질렸지만, 고기의 신들은 아랑곳하지 않았다. 그 큰 덩어리를 숯불에 턱하니 올려놓는 것부터 식사는 시작되었다. 우리 접시엔 키안티식 육회가 올라왔다가, 야들야들하게 다져서 숯불에 구운 고기가 올라왔다가, 분명 한국에서는 1인분이었을 스테이크가 몇 덩이 올라왔다가 끝없이 사라졌다. 그 속도에 맞춰서 와인도 끝없이 비워졌다. 그렇게 두 시간이 흘렀을까, 드디어 엄청난 크기의 티본스테이크가 숯불에서 내려왔다. 두 시간 내내 고기 장인이 이렇게 돌리고, 저렇게 살펴보며 구운 스테이크. 그 스테이크가 각자의 접시에 빠르게 올려졌고, 이미 술과 고기에 마음껏 취해버린 우리는 혀를 내둘렀다. 먹을 수 있을까. 내 위장은 아직 괜찮은 걸까. 찢어질 것 같은 배를 만지며 내 시선은 자연스럽게 내 옆의 할머니에게로 향했다.

딸과 함께 고기를 먹기 위해 여기까지 왔다는 이탈리아 할머니. 하얀 백발에 작은 몸짓. 느릿느릿한 움직임. 난 처음부터 이 할머니

Panzano, Italy

Panzano, Italy

가 걱정이었다. “내 옆에 할머니 좀 봐. 저분은 몇 점 못 드실 것 같은데?”라며 식사 시작 전부터 할머니를 힐끔거렸다. 하지만 할머니는 당당히 또 접시를 내밀었다. 그리고 처음과 똑같은 속도로 오물오물 드시기 시작했다. 이런 할머니를 내가 걱정하다니. 할머니도 이 코스를 내내 잘 따라왔는데, 내가 여기서 포기할 수는 없었다. 고기를 입에 넣었다. 두 시간 넘게 먹고 있는 고기에 다시 한 번 탄복했다. 고기가 그럴 수도 있었다. 그렇게 세 시간 넘게 고기의 신을 영접했다. 서로 눈이 마주칠 때마다 우리는 웃었다. 말도 안 되는 고기를 먹고 있다는 걸 서로 알았기 때문이다. 그렇게 세 시간 동안 눈빛을 주고받았더니 말이 안 통하는 이탈리아 사람들과도 이미 친구가 되어버린 기분이었다. 제일 수다스러운 아저씨가 비틀거리며 우리에게 술잔과 술병을 들고 왔다. 한국이나 이탈리아나 술꾼들은 다 똑같았다. 낯선 사람일지라도 우선은 술을 먹이고 보자. 자, 한잔 받아. 술을 따르며 아저씨는 우리에게 물었다.

“여기까지 어떻게 왔어요?”

“버스 타고…….”

그 순간 모든 남자들은 야유를 보냈다. 뭐야, 우리는 이렇게 술 마시고 운전해서 집으로 돌아가야 하는데, 너는 버스 타고 왔단 말이야? 그럼 더 마셔! 뭘 망설이는 거야! 우리에게 술을 따르던 아저씨도 요놈들 잘 걸렸다는 표정으로 술을 콸콸 따르기 시작했다. 그때 몇 시간 동안 한마디 말도 없이 고기를 서빙해주던 직원이 한마디 툭 던졌다.

"버스를 운전한대."

술 따르던 아저씨가 깜짝 놀라는 시늉을 하며, 그렇다면 술을 안 마셔도 된다고 너스레를 떨었다. 그 순간 누구랄 것도 없이, 백발 할머니까지, 모두들 웃기 시작했다. 세 시간 동안 먹은 고기가 다 소화될 것처럼 모두가 웃었다. 웃으며 다 같이 건배를 했다. 우리만의 카니발을 기념했다. 같이 사진을 찍고, 같이 노래를 부르고, 같이 또 술을 마셔버렸다.

식사가 끝나고 나오니 벌써 네 시간이 지나 있었다. 순식간에 툭 튀어나온 배는 책을 이토록 성실히 소화해낸 나에게 주는 상이었다. 10년 전 책에서 읽었던 이곳을 잊어버리지 않고 찾아본 나를 기특하게 여기기로 했다. 그리고 육식주의자에게도 철학이 있다는 사실을 믿기로 했다. 아니, 믿을 수밖에 없었다. 벌게진 얼굴과 불룩해진 배가 그 사실을 이토록 여실히 증명하는데. 다정한 사람들과 그 배를 맞대고 인사를 나눴는데. 우리가 고기의 신을 믿지 않는다면 다른 무엇을 믿겠단 말인가.

Panzano, Italy

모든
요일의
여행 :
04

Siena, Italy

집 나가면
몸이 고생이다.

하지만
집을 나가지 않으면
마음이 고생이다.

적당한 방황과
적당한 고생과
적당한 낯섦이 그리워
수시로 끙끙 앓는
마음을 가졌다.

어쩌다 보니
여행자의 마음을 가지게 되었다.

잠깐 사랑했다가 잊어버리는 것보다는,
오래도록 한 도시를 오해하며 바라보는 짝사랑도 꽤 괜찮지 않은가?

영원히 반복되는 여행

오랜만에 친구의 전화를 받았다. 친구는 의례적인 안부를 몇 개 묻더니 대뜸, "야, 이번에 버스커버스커 신곡이 여수밤바다래"라고 말했다. 나는 건성으로 "아, 그래?"라고 답하고 또 시덥잖은 몇 마디를 주고받은 후에 전화를 끊었다. 늘 그렇듯 회사는 바빴고, 오랜만에 걸려온 친구의 전화를 다정하게 받기엔 내가 팍팍했다. 그리하여 흘러가는 말 사이에 있는 씨앗을 나는 전혀 눈치채지 못했다. 그 밤, 야근을 하다가 갑자기 "아!"라고 낮은 탄식을 내뱉었다. 바로 휴대폰을 들고 회사 베란다로 나갔다. 까만 밤을 보며 친구에게 다시 전화를 걸었다. “니 아까 여수밤바다 때문에 전화한 거재?”라고 말했다. 친구는 조용히 “응”이라고만 답했다. 여수 때문이었다. 우리의 여수 때문이었다.

시작은 스물두 살 때였다. 혼자서 전국 일주를 하겠다며 서해를 따라 내려가다가 남해 땅끝마을을 거쳐 보길도로 들어갔었다. 중간에 친척들이 있는 곳에 들러 용돈을 두둑하게 받은 터라 여행은 점점 더 길어지고만 있었다. 그리고 그 여행의 종착역은, 여수였다. 대구에 사는 고등학교 동창에게 연락을 했다. 여수로 오라고. 같이 여수를 여행하고 같이 대구로 돌아가자고 말을 했다. 게으름뱅이인 친구는 어쩐 일인지 순순히 수락했다. 그때 우리는 처음으로 여수를 갔다. 처음으로 향일암에 갔고, 처음으로 남해에서 떠오르는 해를 봤고, 놀랐다. 남해도, 산에서 바다를 내려다보며 일출을 보는 것도 처음이라 놀랐다. 산 위에서 해를 정면으로 받고 앉아 눈을 가늘게 뜨고 아무 말도 하지 않은 채 우리 둘은 한참이나 앉아 있다가 대구로 돌아왔다. 그게 시작이었다.

해마다 여수에 갔다. 사람들은 물었다. “또 여수에 가?”라고. 그럴 때마다 내 대답은 “겨울이니까요”였다. 푸른 잎이 해를 향해 고개를 돌리듯 겨울이 오면 나는 여수를 향해 길게 목을 뺐다. 빼곡한 달력에 틈을 벌려 겨우 여수에 내려갔다. 그때마다 친구도 대구에서 여수로 왔다. 그녀도 나도 왜 여수에 끌리는지 이야기한 적은 없다. 그냥 겨울이면 여수에서 만났다. 털모자를 쓰고, 장갑을 끼고, "춥다. 여수는 맨날 춥네"라며 시장 밥집으로 향했다. 언젠가 시장에서 귤 파는 아주머니가 알려준 밥집이었다. 이름도 잘 모르고, 그냥 시장 안쪽으로 쭉 들어와서 과일 경매장을 지나 양철문을 열고 들어가면, 거기가 밥집이었다. 추운 겨울에 주인할머니의 온돌방에 앉아 밥상을 받았다. 할머니의 장롱에 등을 기대고 뜨끈한 바닥에 엉덩이를 지지고 앉아 갓 지은 밥에 갓 만든 반찬으로 가득한 백반을 먹고 있노라면 이상한 위로가 내 입으로 들어오는 느낌이었다. 그 밥상은 10년 동안 삼천 원이었다가, 사천 원이 되었다가, 오천 원이 되었다. 그리고 그 밥상이 주는 위로의 가격은 언제나 측정 불가였다.

할머니의 온돌방에서 누룽지까지 잘 얻어먹고 난 후에는 언제나 오동도로 향했다. 실은 오동도보다 우리가 좋아한 것은 오동도 입구의 놀이공원이었다. 놀이기구가 서너 개 남짓 있는 그 놀이공원에는 늘 우리가 유일한 손님이었다. 한겨울에 바이킹을 타며 소리를 지르는 정신 나간 사람은 많지 않으니까. 고운 여수에 정신 나간 사람은 우리 둘로도 충분했으니까. 각자의 남자친구까지 데리고 여수에서 만난 날에는 네 명이서 같이 바이킹을 탔다. 바이킹에서 내려와 멀쩡한 사람은 나와 친구뿐이었다. 남자들은 확실히, 약했다. 이게 뭐라고. 그깟 바이킹에 무너져 내리는 남자들이라니. 우리는 쯧쯧 소리를 내며 한심하다는 눈빛을 서로 주고받았다. 하지만 이 이야기는 이제 과거형이 되었다. 다시 돌아갈 수 없는 영원한 과거. 놀이공원은 어느새 사라져버렸기 때문이다.

실은 오동도든 놀이공원이든 돌산대교든 굴찜이든 게장이든 회든 뭐든, 여수의 유명한 그 무엇도 우리에겐 큰 상관이 없었다. 우리에게 중요한 것은 하나였기 때문이다. 향일암. 처음으로 우리가 여수와 사랑에 빠진 곳. 바닷가 절벽에 서서 해를 향해 있는 암자. 자주 보던 동해나 서해가 아니라 남해를 향해 있는 암자. 파란색 바다가 아니라 은색과 하늘색과 연두색이 미묘하게 섞여 빛나는 남해를 향해 있는 향일암. 그 향일암이 우리의 최종 목적지였다.

코스는 늘 같았다. 향일암 밑에 있는 민박집 아무 데나 들어가서 하루를 자고, 다음 날 새벽이면 헉헉거리며 향일암에 오르는 것. 그것이 우리의 여수 공식이었다. 향일암을 등지고 서면 바다와 절벽에 매달린 붉은 나뭇가지들이 눈에 같이 들어왔다. 내가 좋아하는 향일암 나무. 이름도 모르는, 알려고 한 적도 없는 그 나무는 나에게 향일암 나무였다. 보는 순간 가슴이 찌르르한 향일암의 증거였다. 선배와 같이 향일암에 갔던 어느 해에는, 선배에게 그 나무에 대해 고백했다.

"선배, 고백할 게 있어요."

"뭔데?"

"실은, 여수 그렇게 많이 와봤으면서도 나는 이 나무들 끝에 잎이 돋아난 걸 본 적이 없어요. 늘 겨울에 왔거든요. 그래서 푸른 향일암은 상상도 못하는 거지. 그건 거짓말이라고 혼자서 생각해버리는 거지."

"그게 뭐꼬."

"그니까 말이야. 그러면서 서울에서라도 이 나무가 보이면, '아, 남해다!'라면서 좋아해요."

"이게 무슨 나문데?"

"나도 몰라요."

늘 같이 간 친구도 몰랐을 것임에 틀림없다. 향일암을 향한 우리의 사랑은 일방적이고, 모호하고, 단편적이었다. 겨울이 아닌 향일암은 알지도 못하고, 좋아한다면서 무슨 나무인지도 알지 못했다. 전형적인 짝사랑의 징후였다. 일방적으로 마음을 정해버리고, 알아서 상대방을 해석해버리고, 나만의 상대방을 만들어버리는. 나는 향일암을 짝사랑했다. 친구도 나도 향일암을 깊이깊이 짝사랑했다. 그리고 거짓말처럼,

향일암이 불탔다.

친구에게 전화가 왔다. 오랫동안 연락이 끊어졌던 언니에게도

연락이 왔다. 회사 사람들도 문자를 보내왔다. 나의 여수 사랑을 아는 모두가 연락을 해왔다. 향일암이 불탔다고. 너 괜찮냐고. 괜찮을 리가 없었다. 향일암이 없는 여수라니. 붉은 그 나무가 무사하지 않은 향일암이라니. 그래서였다. 해마다 내려가던 여수에 안 내려가기 시작한 것은. 도저히 향일암을 볼 자신이 없었다. 새 페인트칠로 번쩍번쩍한 향일암을 마주하면 내 과거까지 이상한 색으로 채색될 것 같았다. 다만 무사하길 빌었다. 피해가 크지 않길 빌었다. 나의 여수가, 향일암이 온전히 회복되길 빌었다.

이번 겨울, 용기를 내서 여수에 다녀왔다. 바다도 그대로고 산도 그대로고 붉은 나무도 그대로였다. 번쩍번쩍하지 않고 조용히 복원된 향일암을 한참이나 바라봤다. 향일암도 그대로였다. 감사하다고, 정말로 감사하다고 나도 모르게 말하고 있었다. 다시 해마다 여수에 올 용기가 생겼다. 다시 여수를 짝사랑해도 좋겠다는 확신까지 들었다. 잠깐 사랑했다가 잊어버리는 것보다는, 오래도록 한 도시를 오해하며 바라보는 짝사랑도 꽤 괜찮지 않은가?

그제야 다시 친구의 전화가 생각났다. 처음 그 노래를 들었을 때의 뭔가 빼앗겨버린 듯한 기분도 생각났다. 여수가 내 것도 아닌데 빼앗겨버린 듯한 기분이라니. 아니, 누군가 빼앗아갈 수 있는 것도 아닌데 빼앗겨버린 듯한 기분이라니. 나조차도 황당했던 그 기분이,

다시 아름다워진 향일암을 앞에 두고 눈 녹듯이 사라진 것이다. 심지어 좋아하는 그 도시에 대해 유명한 가수가 노래를 발표해주는 것도 꽤 낭만적이라는 생각이 들었다. 아니, 확신이 들었다. 처음 그 노래를 들었을 때의 그 기분은 오간 데 없었다.

그 겨울 나는 친구에게 전화를 걸었다. 여수에 왔다고. 향일암은 무사하다고. 우리 다시 여기 와도 괜찮겠다고. 이 여행은 영원히 반복되어도 좋겠다고. 그리고 내내 그 노래를 흥얼거렸다. 시도 때도 없이. 누가 쳐다봐도 아랑곳하지 않고. “여수 밤바다~.”

2015, 여수 향일암

2015, 여수 향일암

평일만 있는 일상이 잔인한 것처럼, 열심히 여행하는 순간만이 가득한 여행도 잔인한 것이었다. 여행에도 일요일이 필요했다.

일요일이 있는 여행

여행은 우리를 행복하게 만들기 위한 만반의 준비를 하고 있다. 동시에, 여행은 우리를 불행하게 만들기 위한 만반의 준비를 하고 있다. 그저 비가 오는 것뿐인데, 세상이 나를 등지는 느낌이 든다. 그저 몇 개의 가게가 문 닫았을 뿐인데, 세상이 나를 향해 문을 닫는 느낌이다. 한 가게 주인이 나에게 불친절했을 뿐인데, 온 도시가 나에게 불친절한 것 같은 느낌이 든다. 그저 길을 못 찾았을 뿐인데, 이 여행 전체가 잘못된 길로 들어선 것 같은 착각이 든다. 이런 마음의 과장법은 순식간에 여행자의 다리를 걸어 넘어뜨려 버린다.

다름 아니라 포르투에서 내가 그랬다. 갑자기 비가 억수같이 내렸고, 도무지 그칠 기미가 안 보였고, 거기에 일요일이라 모든 가게는 문을 닫았고, 용기를 내서 조금 움직여보아도 갈 곳은 없었다. 몸만 흠뻑 젖을 뿐이었다. 바로 어제, 해가 났을 때의 이 도시를 떠올려보니 불행의 강도는 더 크게만 느껴졌다. 어제는 세상에서 가장 행복한 사람이 나였는데, 오늘은 세상에서 가장 불행한 사람이 바로 나였다. 내 마음의 과장법에 내가 넘어져버린 것이다.

서울이라면 이런 날씨에 가기 좋은 카페를 알고, 이런 날씨에 낮부터 술 마시기 좋은 술집도 알고, 무엇보다 아무것도 안 해도 좋을 우리 집이 있는데, 낯선 도시의 이방인에겐 도대체 어떤 정보도 없었다. 거리에 아무도 없는 걸 보면 나를 뺀 모두가 어딘가에 모여 좋은 시간을 보내는 듯한 착각까지 들었지만, 그곳이 어딘지 나는 몰랐다. 가만히 서 있었는데 쫄딱 젖었다. 갑자기 내가 오랫동안 여행을 간다고 말했을 때 "힘들겠다"라고 말한 어떤 분의 말이 생각났다. 그때는 도무지 무슨 말인지 알아듣지 못했다. 어떻게 여행이 힘들 수 있단 말인가, 반항심까지 생겨났었지만 이제는 백 번 공감했다.

여행은 우리를 불행하게 한다. 그리고 불행하게도, 그 모든 불행에 대처하는 방법은 아무도 모른다. 오직 자기 자신만이 그때그때 답을 찾아내는 수밖에 없는 것이다. 찰리 브라운이 말했다. '인생이란 책에는 뒷면에 정답이 없'다고. 정확하게 같은 결론이다. 여행이란 책에도 정답은 없다. 그 순간, 그 장소에서 나의 선택만이 존재하는 것이다.

쫄딱 젖은 남편이 말했다. 그래도 어딘가 우리를 구원할 곳이 있지 않을까 여행책을 뒤적이는 나에게 남편이 단호하게 말했다.

"여행에도 일요일이 필요해."

그 한마디에 순식간에 욕심이 버려졌다. 평일만 있는 일상이 잔인한 것처럼, 열심히 여행하는 순간만이 가득한 여행도 잔인한 것이었다. 여행에도 일요일이 필요했다. 포르투의 비 오는 일요일, 우리의 선택은 그날을 '일요일답게' 보내는 것이었다. 마트에 들어가서 볶음밥을 포장했다. 궁금했던 과자를 샀다. 할아버지가 장바구니에 담는 와인을 우리도 담았다. 이것저것을 사서 집에 돌아왔다. 침대에 앉아 밥을 먹고, 침대에 누워 예능 프로그램을 다운 받아 봤다. 낮술을 마셨고, 낮잠을 잤다. 보란 듯이 시간을 낭비해버렸다. 우리 여기까지 와서 이러고 있네, 라며 낄낄거렸다.

해가 저물자 어김없이 불안함이 밀려왔다. '정말 이래도 되나, 이럴 거면 왜 여기까지 왔나.' 죄책감까지 뒤엉켰다. 애써 그런 생각들을 버리려 했지만 생각만큼 쉽지 않았다. 아무도 뭐라고 하는 사람이 없었는데, 내가 또 나를 못살게 굴고 있었다. 하지만 이미 해는 졌다. 기어이 죄책감을 버리고 그 자리에 '나는 여기까지 와서 배짱 있게 이러고 있다'라는 자부심을 채워넣었다. '어차피 이 비에 어딜 간다고 제대로 볼 수 있는 것도 아니다'라는 합리화도 채워 넣었다. '이 비에 뭘 더 보겠다고 돌아다니는 것 자체가 시간 낭비다'라는 고집도 채워 넣었다. 그제야 마음이 편해졌다. 나한테 계속 말해주었다. 오늘은 일요일이라고. 일요일이 괴로운 이유는 월요일 때문이지만, 내일은 여행이 계속되는 월요일이라고. 그러니 일요일 밤의 이 괴로움은 집어치우자고. 여행은 계속되어야 하니까.

Porto, Portugal

Porto, Portugal

모든
요일의
여행 :
05

Firenze, Italy

딱 한 걸음 차이가
결정적 차이가 된다.

한 걸음만 가까이.
한 순간만 천천히.

다리 위 난간에 앉은
이 여자처럼
조금 더 가까이.
조금 더 천천히.

그녀는 오래도록
이 햇빛을 기억할 것이다.
이 바람을 잊을 리 없다.
이 순간이 잊힐 리 없다.

"진실이 항상 비극은 아니야."

단골집을 향해 떠나는 여행

떠나기도 전에 결말을 알 수 있는 여행이 있다. 이번 여행이 바로 그런 여행이었다. 2015년 12월, 나는 다시 리스본으로 갔다. 3년 전 리스본 여행에서 단골술집이 되었던 마르셀리노에 다시 갈 참이었다. 마르셀리노의 주인 '누노'와 그곳에서 매일 기타를 치며 노래를 부르던 '호르헤'를 만나서 나의 책 《모든 요일의 기록》을 선물할 참이었다. 그 책에 그들의 사진과 이야기가 적혀 있으므로. 물론, 그들은 그 책을 한 글자도 이해하지 못하겠지만.

상상만으로도 뱃속이 간질간질했다. 다시 가게의 문을 열고 들어가면 그들의 눈은 놀라움에 잔뜩 커질 것이다. 그들에게 내 책을 선물하면 그들은 너무 벅차 가슴에 두 손을 얹을 것이다. 행복한 그들을 보며 우리는 더 행복하게 술을 마실 것이다. 호르헤는 어김없이 기타를 꺼낼 것이다. 수줍게 노래를 부르고, 우리가 박수를 칠 때마다 "오브리가도(감사합니다)"라고 조용히 말할 것이다. 그럼 우리는 또 술을 시킬 것이다. 기꺼이 만취해버릴 것이다. 비로소 우리는 우리의 단골술집에 돌아왔으므로. 이 결말은 명백했다. 명백히 아름다운 결말이었다.

자정이 넘어 리스본에 도착했다. 택시를 타고 숙소의 주소를 내밀었다. 호르헤의 집 주소였다. 3년 전 헤어질 때 그가 준 명함을 고이 간직해뒀다가 이번에는 그의 숙소를 빌린 터였다. 빨리 도착하고 싶은 우리의 마음도 모르고 택시 기사는 숙소 근처에 거의 다 와서 헤맸다.

"거의 다 온 거 같은데, 이 광장이 정확하게 어딘지를 모르겠네. 잠깐만요."

택시 기사는 거짓말처럼 바로 그 술집, 마르셀리노 앞에 차를 세웠다. 그리고 그 앞에서 술을 마시고 있는 한 무리의 사람들을 향해 길을 물었다.

"메니노데우스 광장이 어디예요?"

무리 중의 한 사람이 나서서 대답했다.

"그 골목 위로 조금만 올라가시면 돼요."

대답한 사람을 보고 깜짝 놀랐다. 마르셀리노의 주인, 누노였다. 바로 그 누노였다. 너무 반가워 택시에서 뛰어내릴 뻔했다. 물론 침착한 남편이 나를 진정시켰다. 내일 만날 거니까 우선은 숙소에 가자고. 맞다, 호르헤가 우리를 기다리고 있다는 걸 그새 또 깜빡했다.

누노가 알려준 길로 올라갔더니 바로 호르헤 집이었다. 초인종을 눌렀다. 드디어 문이 열렸다. 호르헤가, 바로 그 호르헤가 성큼성큼 걸어나오더니 우리 둘에게 악수를 청했다. 나는 반가워 방긋방긋 웃었다. 그런데 뭔가 이상했다. 우리를 보는 그의 눈빛에는 낯섦이 가득했다. 설마, 우리를 못 알아보는 건 아닐 거야. 애써 좋은 쪽으로 생각을 하며 그가 렌트해준 집으로 들어섰다. 집을 다 소개받고 나서는 호르헤에게 내 책을 내밀었다. 그에게 주기 위해 서울에서부터 고이 싸들고 온 그 책을.

"이게 뭐야?"

"책이야. 내가 책을 냈거든. 그리고 거기에 네 이야기도 들어가 있어! 여기 봐봐."

어리둥절해하는 그의 표정을 애써 무시하며 책을 펼쳤다. 그리고 그의 사진이 있는 페이지를 보여주었다. 그의 표정은 더 어리둥절해져버렸다. 여기 왜 내 사진이 있는 거지? 이게 어떻게 된 일인 거야?

"지난번에 왔을 때 찍은 사진이야. 왜 그날 밤 있잖아……."

"아, 맞다! 니네들 지난번에 리스본에 왔었다고 그랬지."

이게 도대체 무슨 말인가. 설마가 현실이 되는 순간이었다. 새벽 두 시까지 이어졌던 너의 공연을 우리는 전설로 기억하고 있는데. 우리는 너의 CD를 구입해서 듣고 듣고 또 들었는데. 마지막 날 헤어질 때 우리 테이블에서 불러줬던 노래는 녹화까지 해서 돌려보고 또 돌려봤는데. 그러니까 우리는 너의 모든 것을 기억하고 있는데, 어떻게 너는.

"어떻게 우리를 기억 못할 수가 있지?"

"그럴 수도 있지."

"누노도 우리를 기억 못하는 거 아니야?"

"뭐, 그럴지도 모르지."

담담한 남편과 달리 나는 순식간에 상심해버렸다.

다음 날, 마르셀리노에 가며 나는 기대의 불씨를 꺼트리지 않으려 애썼다. 누노는 다를 거야, 누노는 우리를 알아볼 거야, 라며. 때마침 호르헤도 그곳에 들어왔다. 호르헤가 우리에게 "너희들 여기에 있었구나"라며 반갑게 인사를 하더니 누노를 불렀다. 그리고 그에게 우리를 소개해주었다. '소개'해주었다. 소개라니, 이 무슨. 알아들을 수 없는 포르투갈어로 호르헤가 누노에게 우리를 설명했고, 설명 내내 누노는 우리를 바라봤다. 흥미롭다는 표정으로. 이 무슨. 긴 소개 끝에 누노가 한마디를 했다. "Looks familiar." 본 것 같은 얼굴이라니. 그 말을 바꿔 말하면 모르는 얼굴이라는 뜻인 건가. 우리는 어젯밤에 네 얼굴을 보고 택시에서 내릴 뻔했는데, 너는 Looks familiar가 끝이야? 내 얼굴에는 실망감이 순식간에 새겨졌다.

"3년 전 딱 이맘때 우리가 거의 매일 왔었거든. 그 기억이 너무 좋아서 책에도 썼고."

그는 곤란한 표정으로 웃으며 말했다.

"너무 많은 사람들이 너무 많이 왔다갔다해서…… 실은 잘 기억 안 나."

그의 말대로 수많은 사람들이 수없이 가게를 들락날락거리고 있었다. 3년 전 막 시작한 가게는 이제 두 배나 확장이 되어 있었다. 테이블은 세 개에서 열 개 정도로 늘어났다. 벽에는 처음 보는 사진들이 빼곡했다. 호르헤의 CD가 들어 있던 그릇장은 이제 처음 보는 와인들로 채워져 있었다. 호르헤는 지금 커피를 사서 영화관에 가려던 참이었다고 말했다. 그 말은 더 이상 그는 이 가게에서 연주를 하지 않는다는 이야기였다. 호르헤가 연주를 하지 않는 마르셀리노는 상상도 해본 적이 없었는데. 나의 단골술집이라 말할 수 있는 부분은 도대체 어디에 남아 있는 걸까. 우선 술을 한 잔 주문했다. 3년 전에도 매일 마셨던 누노의 산딸기 상그리아를. 그것 말고는 익숙한 게 아무것도 없었으니까.

아무 말 없이 상그리아를 홀짝였다. 이십 대 젊은 남자가 문을 열고 들어오더니 누노와 악수를 하고 맥주 한 병을 사서 나갔다. 할아버지와 할머니가 들어오더니 누노와 포옹을 하고 샌드위치를 주문했다. 한참이나 서서 수다를 떨다가 그냥 나가버리는 사람도 있었다. 혼자 와서 누노와 한참이나 앉아서 술을 마시며 이야기하다가 또 훌쩍 나가버리는 사람도 있었다. 끝없이 사람들이 들어오고 끝없이 악수를 하고, 포옹을 하고, 비쥬를 했다. 그 사이로 드문드문 관광객들이 문을 열고 들어왔다.

그제야 사태는 선명해졌다. 우리는 그의 삶의 관광객이었다. 잠깐 들렀다 멀리 떠나는 관광객. 순간을 영원이라 생각해버리고, 파편을 전부라 착각해버리는 관광객. 단골술집이라며 우리가 아무리 친한 척해봐도 변하는 사실은 없었다. 우리는 누노의 일상이 될 수 없었다. 그에게는 다른 일상이 있었던 것이다. 별일이 있어도, 별일이 없어도 수시로 그곳을 들락날락거리며 안부를 묻고, 커피를 마시고, 수다를 떨고, 음식을 나눠먹는 사람들. 그 사람들이 그의 일상이었다. 지극히 당연한 그 사실이 그제야 눈에 들어오기 시작했다. 우리에게 3년 전 그 밤은 이미 신화가 되어버렸다. 내가 그 밤을 신화로 만들어버렸다. 3년 전 그 밤을 소중히 하고, 닦고, 글로 쓰고, 사진을 찍고, 책에 싣고, 자랑하면서. 하지만 누노는 기억하지 못했다. 그에게 그 밤은 평범한 밤 중 하나였으니까. 그것은 누노의 일상이었으니까.

호르헤의 충격을 소화하고, 누노의 충격까지 꾸역꾸역 소화하며 앉아 있다 보니 명확한 것이 생겼다. 그제야 나의 이기심에 나조차 너털웃음이 났다. 나는 그들이 유적이 되길 바랐던 건가. 움직이지도 않고, 변하지도 않고, 백 년 전에도 백 년 후에도 그 모습 그대로일 유적지의 돌덩이가 되길 바랐던 건가. 지나간 과거만 쓸고 닦아 애타게 기억하는 박물관이 되길 바랐던 건가. 나는 3년 동안 이토록이나 변했으면서 그들의 변화에는 왜 이토록 매정한 것인가. 나는 수많은 것들을 다 잊어버렸으면서 그들은 왜 나를 잊으면 안 되는 건가. 나는 도대체 무엇을 바랐던 건가.

> 나는 진실을 말했을 뿐이에요. 기억 속의 진실이죠.
> 기억 속에는 기억만의 특별한 현실이 있으니까요.[1]

동시에 명확해지는 것이 있었다. 내가 "리스본에 자주 가는 단골 술집이 있는데 말이야"라고 말하는 것은 오롯이 나의 진실이라는 것

---

1. 살만 루슈디, 《한밤의 아이들 1》, 문학동네, 2011

이었다. 살만 루슈디의 말처럼 그것이 나의 기억 속의 진실이고, 그 기억 속에서는 뮤지션들의 연주가, 호르헤의 웃음이, 누노의 산딸기 상그리아가 여전히 생생한 현실이니까. 그리고 그 현실은 그들의 것이 아니라 나의 것, 그 감정도 나의 것, 누가 빼앗아갈 수 있거나 부정할 수 있는 것이 아니었다. 내 기억 속에는 여전히 나만의 마르셀리노가 있었다. 그 마르셀리노는 온전히 나의 마르셀리노, 마르셀리노의 주인인 누노의 것도 아니었다.

리스본에서의 마지막 날, 다시 한 번 마르셀리노에 들렀다. 우린 이제 한국에 돌아간다고 인사를 하려고 들렀는데, 문을 여는 순간 안에서 반짝이는 눈빛이 보인다. 누노의 아내, 리타였다. 뛰어나와 우리의 손을 잡더니, 다시 만나 너무 반갑다고 인사를 했다.

"우리를 기억해?"

"당연하지. 크리스마스 때 같이 밥도 먹었잖아."

갑자기 설움이 막 밀려들어서 그녀에게 그만 고자질해버리고 말았다.

"너는 한두 번밖에 못 만났는데도 우리를 기억하잖아. 근데 네 남편은 뭐라 그런 줄 알아? Looks familiar래. Looks familiar라니. 나 완전 충격받았잖아."

"남자들이란."

리타가 한심하다는 표정으로 말했다. 갑자기 속이 시원해졌다. 나도 질세라 소리를 높였다.

"남자들이란!"

그녀는 우리를 자리로 안내하고, 뭘 먹고 싶냐고 묻더니, 스태프들 저녁으로 만든 볶음밥도 맛보라며 내왔다. 그러고는 자부심이 가득한 얼굴로 핸드폰을 꺼내서 얼마 전에 태어난 아들, 마테우스 사진을 보여줬다. 누노도 우리에게 한참을 자랑한 사진이었다. 얼마 전에 기어다니기 시작했는데, 금방 걸을 것 같다고, 너무 귀엽지 않냐며 리타도 한참을 자랑했다. 널 닮아서 눈이 진짜 크고 예쁘다고 말해줬더니, 콧구멍까지 활짝 웃었다. 처음 보는 표정이었다. 그녀는 엄마가 되어 있었다. 몇몇의 수다가 흘러간 후 리타는 3년 전 크리스마스 때 같이 밥을 먹었던 독일인 아저씨를 기억하냐고 물었다. "빵 굽는 아저씨 말하는 거야?"라고 물었더니, 순식간에 눈시울이 촉촉해지며 얼마 전에 암으로 돌아가셨다고 말을 했다. 병원에 가고, 수술을 하고, 간호도 하고 했는데 결국 그렇게 되어버렸다며 눈물을 훔쳐냈다. 그 사람은 우리 가족과도 같았다며. 그 눈물 끝에 그녀는 애써 웃으며 더 먹고 싶은 거 없냐고 물었다. 이미 너무 배가 부르다고, 고맙다고 대답했다. 이 고마움은 진심이었다.

정말 고마웠다. 이동하는 건 여행자만이 아니라는 걸 우리에게 알려준 호르헤와 누노, 그리고 리타가. 그들의 삶도 어디론가 계속

해서 이동하고 있었다. 빵 굽던 독일인 아저씨가 돌아가셨고, 마테우스가 태어났다. 그 이야기들을 하며 울다가도 또 웃었다. 그게 삶이니까. 삶은 끝없이 흐르는 거니까. 그 여정 가운데 우리를 만나기도 하고, 우리와 헤어지기도 하고, 우리를 잊어버리기도 하고, 우리를 기억하기도 하는 거니까. 그 당연한 사실을 우리에게 일깨워줘서 나는 정말 고마웠다. 남편에게 말했다.

"생각도 못한 결론이야. 여행 떠나기 전에는 상상도 못했어. 이런 결론을."

"나는 이 결론이 너무 좋아. 당신은 누노와 호르헤에게 실망했지만, 나는 누노의 그런 표정을 처음 봤어. 마테우스 자랑을 할 때의 누노와 리타의 표정은 정말. 그런 건 처음 봤어."

"그러고 보니 그렇네."

"그리고 울어버리다니. 우리를 몇 번이나 봤다고. 낯선 우리 앞에서 울어버리다니. 상상도 못했어. 그러니까 아무것도 없는 게 아니야. 우리들 사이엔."

"응."

"다음에 왔을 땐 마테우스가 여기를 뛰어다닐 수도 있어. 혹은 모두가 이곳을 떠나버리고 없을 수도 있어."

"응. 안 그랬으면 좋겠지만, 실은 그게 진실이지."

남편이 한마디를 보탰다. 오랫동안 곱씹어보고 싶은 한마디를.

"진실이 항상 비극은 아니야."

진실이 항상 비극은 아니다. 여행을 떠나기 전에 상상했던 것과는 전혀 다른 진실을 맞닥뜨렸다. 그리고 이 진실이 나는 마음에 든다. 상상보다 훨씬 더 풍성한 진실이었다. 새 생명과 눈물이 흐르는 진실이었다. 떠나지 않았다면 결코 몰랐을 것이다. 그렇다면 나도 모르는 진실을 찾기 위해 끝없이 떠날 수밖에 없는 것이다. 영원히 여행자로 살 수밖에 없는 것이다. 이것이 나의 진실이다. 그리고 나는 이 진실이 진실로 마음에 든다.

Porto, Portugal

모든
요일의
여행 :
06

Lisbon, Portugal

다 안다, 라고 생각했다.
다음 날은 다른 도시로 떠나기로 했다.
다 아니까. 벌써 9일째니까.

익숙한 리스본은 안녕,
이라며 술을 마시고
실핏줄 같은 골목길로 들어섰는데
모조리 낯설다.
꽤 멀리까지 와서 술을 마셨나 보네,
그냥 이 방향으로 가보자,
라며 아무 골목이나 붙잡고 길을 가는데
우리 숙소가 나타났다.

며칠 머물렀다고
그새 또 익숙한 길로만 다닌 것이다, 나는.
낯선 길은 숙소 바로 앞에도 있었는데.
먼 곳에 답이 있다고 착각한 것이다, 나는.

다음 날, 나는 다른 도시로 떠나지 않았다.
또 다시 리스본에 머물렀다.
여행자의 마음을 되찾기 위해.

다 안다, 라니.
어처구니없는 그 마음이라니.

나의 이름은 여행객. 우리가 다시 만날 일은 없겠지.
하지만 지금 우리가 여기에서 만났으니, 잠깐만 진심을 보여주겠니.

마법의 질문을 가지는 여행

살면서 실용서를 좋아한 적이 없다. 아마도 앞으로도 그럴 일은 없을 것 같다. 실용서는 언제나 내게 비실용이었으니까. 뜬금없이 이 말을 꺼내는 이유는 이 책이 실용서가 아니라는 걸 이제라도 고백하기 위해서다. 실용적인 뭔가를 기대하고 여기까지 읽었는데 이제 와서 이러면 어쩌라는 거냐! 항의를 하고 싶으시더라도 참아주길 바란다. 이미 화가 났더라도 잠깐만 가라앉혀주길 바란다. 지금은 그럴 만한 가치가 있을지도 모른다. 왜냐하면, 지금 내가 여행에서 가장 실용적인 말 한마디를 여러분에게 알려드리려는 참이기 때문이다. 앞으로 어디를 여행하든 두고두고 잘 써먹을 수 있는 실용적인 한마디! 물론, 이후의 장에서는 다시 이런 실용적인 정보가 제공되지 않을 예정이므로 어쩌면, 아니 정확하게는 이 책 전체에서 지금 이 부분이 가장 실용적인 장이 되지 않을까 생각하지만. 서론은 좀 닥치고 본론으로 들어가라고? 이렇게 중요한 비밀을 알려주는데, 차마 본론부터 시작할 수 없었다. 하지만 이제 때가 된 것 같다. 본론을 시작할 때가. 음음. 목소리를 가다듬고. 지금부터 여행에서 가장 실용적인 말 한마디를 공개하겠다. 그건 바로,

"What's your favorite?"

겨우 이거냐고? 겨우 이거다. 설마 진짜 저 말이냐고? 그렇다. 이게 무슨 중요한 비밀이라고 그렇게 뜸을 들였냐고? 중요하다. 수많은 나라에서, 수많은 도시에서, 수많은 사람들에게 써먹은 결과 한 번도 통하지 않았던 적이 없다. 마법의 주문처럼 이 질문을 하는 순간 모두가 진심이 되었다. 모두가 내 여행을 완벽하게 만들어주기 위해 고심했다. 생전 처음 보는 사람들도, 앞으로 볼 일이 없는 사람들도 모두. 말 그대로 모두. 오로지 저 한마디 때문에. "당신이 제일 좋아하는 건요?"라는 이 평범한 한마디 때문에.

리스본에서의 일이었다. 그날은 모든 관광지가 공짜로 개방하는 날이라 아침부터 분주하게 돌아다녔다. 그랬더니 저녁이 되자 한 발자국도 못 뗄 정도로 지쳐버렸다. 그때 눈앞에 구세주처럼 중고 CD 가게가 나타났다. 남편이라도 기력을 회복할 차례였다. 남편은 CD 한 장 한 장씩 다 살펴보며 에너지를 회복하고 있는데, 음악에 무지한 나는 그 옆에서 딱히 할 일이 없었다. 설렁설렁 CD 재킷이나 구경을 하고 있다가, 가게 점원이랑 눈이 마주쳤다. 가게 점원이 웃고 있었다. 그 가게를 다 털어가겠다는 기세로 CD들을 확인하는 남편을 보며. 그 웃음을 놓치지 않고 나는 가게 점원에게 물어봤다.

"저기…… 저희 지금 이 식당에 가려고 하는데…… 여기 어때요?"

"아, 거기, 화려해요. 그리고 비싸요. 관광객들이 많이 가죠."

"별로 추천하고 싶지 않은 거죠?"

"솔직히 그 돈 주고 갈 곳은 아니에요. 근데 뭐, 가봐도 나쁘진 않을 거예요."

"그럼 혹시 추천하고 싶은 식당이 있어요?"

가게 점원은 식당 이름 몇 개를 댔다. 그래서 나는 질문 하나를 더했다. 바로 그 마법의 질문을.

"What's your favorite?"

"생선? 고기?"

"생선이요."

"아…… 정말…… 러블리한 식당이 있어요. 슈퍼슈퍼 어메이징. 지금 가면 안 기다리고 먹을 수 있을지도 몰라요. 진짜 최고인 곳이 있어요. 근처에."

그녀는 눈을 반짝이며, 인터넷으로 검색을 시작했다. 영업시간을 확인하고, 전화를 걸어 빈 테이블을 확인하더니, 지도를 그려주었다. 여기 생선이 최고라고.

중고 CD를 잔뜩 사들고 그곳에 갔다. 형광등 불빛 아래 여섯 개의 테이블. 포르투갈임을 여실히 드러내는 푸른색 무늬의 벽 타일들. 역시 푸른 문양의 접시들. 여기까지는 별로 특이할 게 없었다. 하지만 메뉴판을 한참이나 들여다보다가 나는 다시 한 번 마법의 질문을 꺼냈다. 그 순간, 아저씨는 부엌으로 들어갔다. 그리고 눈을 부릅뜬 생선들을 가지고 나왔다. 여기서부터 이 식당은 특별해지기 시작했다.

"오늘 잡은 생선들이에요. 왼쪽부터……."

"우리는 생선 바보들이에요. 추천해주세요."

"그럼 이 생선을 먹어봐요. 맛있을 거예요."

CD가게 언니의 추천을 믿고 여기까지 왔으니, 이젠 아저씨를 믿을 차례. 우리는 아저씨가 추천하는 생선구이를 주문하고 아저씨가 추천하는 와인도 함께 주문했다. 포르투갈에서만 마실 수 있는 와인이었다. 오늘 우리를 기어이 여기까지 이끈 여행의 신을 믿자며 한참 기다리고 있으니 삼십 센티미터는 가뿐히 뛰어넘을 생선 두 마리가 우리 식탁 위로 올라왔다.

"엇, 우리는 한 마리 시켰는데요?"

"이게 한 마리예요."

"두 마리인데요?"

"주방장이 한 마리로는 모자란다 생각했나 봐요. 그래서 두 마리를 구웠고, 근데 당신들은 한 마리를 시킨 거니까, 이게 한 마리인 거죠. 맛있게 먹어요."

우리는 멀뚱멀뚱 서로를 쳐다보다가 우하하하 웃어버렸다. 아저씨는 우리를 향해 한쪽 눈을 찡긋했다. 우리는 다시 서로를 쳐다보고 우하하하 웃었다. 우리 진짜 제대로 찾아왔구나. 이거 양 봐. 다 먹을 수 있을까? 잠깐만 사진 좀 찍자. 나 정신이 없다. 뭐지? 이 식당은? 먹어봐. 아, 떨린다. 이거 냄새부터 너무 제대로인데. 아, 이 속살 봐. 부드럽고, 부드럽고, 부드러워. 어떻게 이렇게 촉촉하게 굽지? 이 와인은 진짜 이 생선이랑 베프구나. CD가게 언니한테 절해야겠다. 이거 무조건 다 먹는 거야. 나는 다 먹을 수 있어. 이걸 어떻게 남겨.

우리는 먹었다. 포크를 내려놓을 수가 없는 맛이었다. 어느새 커다란 뼈 두 개만 접시 위에 남았다. 아저씨가 또 찡긋 웃었다. 우리

Lisbon, Portugal

Lisbon, Portugal

는 두 손가락을 들어주었다. 아저씨는 정중하게 고개를 숙였다.

그때가 시작이었다. 어디에서든지, 무엇을 묻든지, 이 마법의 질문을 덧붙이면 사람들의 얼굴에 진지함이 깃들었다. 그저 "네가 제일 좋아하는 건 뭐야?"라고 물었을 뿐인데 '나에게 인생이란 어떤 의미인가'를 고민하는 얼굴로 바뀌는 것을 여러 번 목격했다. 지금까지의 자신의 경험과, 자신의 시간과, 자신의 취향을 동시에 다 불러내서 신중하게 결정하는 것을 수없이 보았다. 다른 이유도 없고, 순전히 나를 위해서. "What's your favorite?"이라는 질문을 하는 낯선 한 사람을 위해서. 상대가 진지하게 너의 결정을 믿겠다고 말하고 있으니까.

그 질문을 여행 내내 써먹었다. 와인 숍에서의 일이었다. 와인을 추천해달라는 말에 주인은 서너 개의 와인을 추천해줬다. 그리고 다시 꺼낸 나의 회심의 한마디, "What's your favorite?" 와인 가게 사장님은 추천한 와인 한 병 한 병을 다 쳐다보며 한참을 고민했다. 내가 이걸 좋아하나? 아니, 이걸 좋아하나? 난 뭘 좋아하나? 고심 끝에 주인은 한 병을 골랐다. "그럼 그걸로 살게!"라고 말하고 계산을 하려는 찰나, 주인이 바코드를 찍어보더니 찡긋하며 말했다.

"심지어 이건 지금 세일 중이야. 원래는 13유로인데 지금 세일해서 8유로야."

맛이 어땠냐고? 다음 날 그 와인 가게에 다시 가서 한 병 더 샀다. 한국에 가져가기 위해서. 그렇게 맛있는 와인은 또 처음이라서.

> 당신이 누구든, 얼마나 못났든, 당신이 보여주고 싶어하는 당신을 나는 사랑한다. 나는 당신이 들려주는 말들을 사랑한다. 그게 거짓투성이여도 상관없다. 당신이 보여주고 싶어하는 당신을, 나는 당신이라고 부르려 한다. 당신이 들려주는 말들을 당신의 진심이라고 여기려 한다. 왜냐하면, 당신이 믿고 싶어하는 것을, 내가 함께 믿고 싶기 때문이다.[1]

나의 이름은 여행객. 우리가 다시 만날 일은 없겠지. 하지만 지금 우리가 여기에서 만났으니, 잠깐만 진심을 보여주겠니. 너의 보석을 내게 보여주겠니. 나는 여행객. 너의 보석을 누구보다 소중히 여길 사람. 그 보석이 이 도시에서 가장 빛난 보석이라고 믿어버릴 사람. 기꺼이 믿어버릴 준비가 되어 있는 사람. 나의 이름은 여행객. What's your favorite로 너의 진심을 알고 싶은 사람. What's your favorite에서 슬며시 드러나는 너의 진심에 내 여행 전부를 걸고 있는 사람. 무모한 사람. 아직도 진심을 믿는 순진한 사람. 나의 이름은 여행객.

---

1. 김소연, 《시옷의 세계》, 마음산책, 2012

Lourmarin, France

남들과 상관없이 내가 사랑하는, 바로 그것을 위해 여행을 떠나는 것.
어쩌면 그것을 찾는 것만으로도 남들과는 다른 여행의 출발선에 서게 될 것이다.

한 가지를 위해 떠나는 여행

누가 그렇게 기특한 조언을 한 걸까. 어쩌다 내가 그렇게 기특하게 그 조언을 받아들인 걸까. 첫 번째 해외여행을 준비하는 내게 누군가가 말했다. “여행의 테마를 정해. 음식이든 뭐든.” 그 조언을 앞에 두고 곰곰이 생각했다. 나는 무엇을 좋아하는 사람일까. 무엇에 기꺼이 돈을 쓰고 싶은 사람일까. 답은 명확했다. 그림. 내가 좋아하는 그림들을 다시 살펴보기 시작했다. 그 그림이 있는 미술관을 찾기 시작했다. 그렇다. 나는 미술관 기행을 떠나기로 결심한 것이었다. 보고 싶은 그림이 있는 미술관들을 정리해두고, 그 미술관들을 이어서 유럽 여행의 지도를 완성했다.

독일 쾰른에는 쾰른 대성당이 가장 유명했지만, 그건 내 관심사 밖이었다. 렘브란트의 자화상이 나의 목적지였다. 렘브란트가 거의 마지막에 그린 자화상. 잔뜩 장식을 하고, 자신만만한 표정, 한껏 밝은 표정으로 그려진 자화상이 아니라, 추하고 어딘가 비굴해 보이는 미소를 짓고 있는 자화상. 아니 비굴하다, 라는 수식어로 어떻게 그 표정을 설명할 수 있을까. 자신의 그 표정을 가감 없이 그려낸 화가의 마음을 어떻게 짐작할 수 있을까. 오스카 코코슈카와 앙드레 말로 등 거장들이 극찬한 렘브란트의 그 표정 앞에 앉아 오후를 보냈다. 검정색과 노란색만 가득한 그 자화상에는 화가만 있는 것이 아니었다. 화가 뒤의 어둠 속에 서 있는 정체를 알 수 없는 검은 사람. 마치 마지막이라는 걸 직감한 것처럼, 저 먼 세계에서 렘브란트를 데리러 온 것 같은 사람을 화가는 그려 넣었다. 그 사람 앞에서 웃고 있는 화가의 설명할 수 없는 표정에, 렘브란트의 파란만장한 인생 전체를 담아낸 것 같은 그 표정에 나는 푹 빠져버렸다. 오랜 시간이 지난 후에 쾰른으로 출장을 간다는 친구에게 그 미술관을 추천했다. 친구의 이야기에 따르면, 별 생각 없이 미술관 이곳저곳을 둘러보다가 뒤를 돌아보는 순간 이 자화상을 발견했는데, 자신도 모르게 '헉' 하는 소리가 나왔다고 말했다. 너무 놀라서. 그런 그림은 또 처음이라서.

Self-Portrait as Zeuxis Laughing, Rembrandt Harmensz, 1663, Wallraf-Richartz-Museum

네덜란드 암스테르담에서 내가 하루를 바친 곳은 반 고흐 미술관이었다. 반 고흐의 그림이라면 내가 좀 알지, 라는 표정으로 미술관에 들어섰다. 하지만 실제 보는 그림은 컴퓨터나 책을 통해서 본 그림과 완전히 달랐다. 그중에서도 내가 가장 견딜 수 없었던 그림은 반 고흐의 〈The Bedroom〉이었다. 미쳐버릴 수밖에 없었던 화가의 마음이 고스란히 읽혔다. 한참을 그 앞에 앉아 있다가 스물한 살의 나는 수첩을 꺼내 썼다. '〈The Bedroom〉은 내가 보던 것과 가장 비슷하면서도 느낌은 가장 다르다. 그의 노란색은 창백해 보이고, 광기가 넘치고, 아파 보이기도 한다. 그 역동적인, 살아 움직이는 색깔에 반 고흐는 왜 그렇게 집착하는 것일까. 알 수 없다. 난 이 사람을 견딜 수 있을까.' 마음이 자꾸 이 그림 앞을 서성이고 있었다. 다른 그림들을 보다가도 다시 이 그림 앞에 와서 섰다. 갔다가 돌아오고, 갔다가 돌아오고, 그 과정을 무한 반복하다가 저녁이 되어서야 나는 겨우 미술관을 빠져나올 수 있었다.

신기하게도 파리 오르세 미술관에도 같은 그림이 있었다. 똑같은 그림이 두 군데 미술관에 있다니! 그럼 둘 중 하나는 가짜란 이야기인데, 미술관에, 그것도 보통 유명한 미술관이 아닌 곳에 가짜 그림을 전시한다는 게 도대체 믿기지가 않았다. 의심스러운 눈초리로 그 그림을 자세히 들여다보니 미세하게 달랐다. 암스테르담에서 본 〈The Bedroom〉은 마룻바닥의 테두리가 초록색이었는데, 오르세의 마룻바닥은 테두리가 회색이었다. 그 밖에 모든 것이 조금씩 달랐다. 암스테르담에서 워낙 오래 그 그림을 들여다봤기에 그 차이가 내게 보인 것이었다. 진실은 나중에 알게 되었다. 반 고흐가 그 그림을 그려 동생 테오에게 보냈더니, 화상畵商이었던 테오가 같은 그림을 하나 더 그려달라 말했던 것이다. 이 그림은 왠지 잘 팔릴 것 같다며. 나는 마치 그 사실을 내가 최초로 알아낸 것처럼 기뻤다.

그렇게 미술관 기행은 계속 이어졌다. 밥 사먹을 돈도 없었는데, 미술관에 들어갈 돈은 있었다. 열쇠고리 하나 살 돈도 없었는데, 미술관 엽서를 살 돈은 넉넉했다. 마음에 드는 그림이 있다면 몇 번이라도 다시 그 미술관을 찾았다. 한참을 그 그림 앞에 앉아 있다가 숙소로 돌아오곤 했다. 파리 퐁피두센터에서는 조르주 루오라는 미술가의 팬이 되었다. 한 번도 들어본 적도 없는 미술가였는데, 그 사람의 그림이 자꾸 눈에 밟혔다. 종교와는 결코 친하지 않은데, 그 사람의 종교화 앞에서 자꾸 눈물을 흘리게 되었다. 오스카 코코슈카의 그림도 좋아하게 되었고, 한 번도 내 취향이라 생각한 적 없던 에두아르 마네의 그림도 내 취향이라며 열광하게 되었다. 여행이 길어질수록 내가 열광하는 화가들은 끝없이 늘어났다.

지금과 달리, 그때는 클림트에 열성이었다. 꼭 그의 금빛 그림을 보고 싶었다. 누군가가 내게 말했다. "클림트의 〈The Kiss〉 앞에 서면 그 누구와라도 키스를 하고 싶어질 거야." 그 그림이 있는 오스트

The Bedroom, Vincent van Gogh, 1888, Van Gogh Museum

The Bedroom, Vincent van Gogh, 1889, Orsay Museum

리아 빈은 내 여행 일정의 한가운데 있었다. 나는 자신만만하게 대답했다. “그때쯤이면 남자친구가 생겼을 거야. 그 남자랑 키스하지 뭐.” 미술관 기행을 떠난 김에 남자친구까지 사귀고, 클림트의 〈The Kiss〉앞에서 첫키스를 하겠다는 꿈을 나는 꾸고 있었다. 호기롭게도. 스물한 살이었으니까. 세상물정을 몰라도 너무 몰랐으니까. 역시나 남자친구는 그렇게 쉽게 생기는 존재가 아니었다. 결국 나는 그 그림을 현지에서 친구가 된 한국인 여자 여덟 명과 같이 보았다. 덕분에 마음까지 삐뚤어져버린 걸까. 실제로 본 클림트는 너무 밝아 내 취향이 아니었고, 그 옆에서 음울한 기운을 내뿜고 있는 에곤 쉴레에 눈을 뜨게 되었다.

이런 식으로 이야기하자면 끝도 없다. 나는 미술관 기행을 떠난 사람이니 미술관에 대한 에피소드가 넘쳐나는 건 당연한 일이다. 그 이후로도 나는 아일랜드로 맥주 기행을 떠났고, 프랑스 브루고뉴로 와인 기행을 떠났고, 남프랑스로 카뮈 기행을 떠났다.

한 가지 목적을 두고, 나머지는 어떻든 상관하지 않는 여행. 그것이 무엇이든 상관없다. 음식만을 위해 여행을 떠난 사람을 나는 존경한다. 그 섬세한 미각과 그 맹목적인 추구에 박수를 보낸다. 야구만을 위해 여행을 떠난 사람들도 나는 알고 있다. 야구를 전혀 모를 때였지만, 그 여행에도 경이로운 구석이 있었다. 스노클링을 위해서 끝없이 여행을 떠나는 사람도 나는 알고 있다. 그 사람은 그걸 위해서 돈을 벌고, 그걸 위해서 휴가를 쓰고, 그걸 계획하며 행복해한다. 그런 열정은 사람을 소진시키지 않고 더 활활 타오르게 만든다. 옆에서 지켜보는 사람까지 부러움에 젖게 만든다.

외국 유명한 미술관 앞에 길게 늘어선 줄을 볼 때면 늘 생각한다. 이 사람들은 평소에도 이토록 미술관을 좋아하는 사람일까? 서울에서도 미술관을 가본 적 없고, 살면서 한 번도 미술관에 가본 적 없는 사람들이 파리에 왔으니까, 그래도 루브르니까, 라며 땡볕에 길게 줄을 선 걸 보면 가서 말하고 싶어진다. 안 그래도 돼요. 유명하다고 꼭 가야 하는 건 아니에요. 그림을 좋아하지도 않잖아요. 술을 좋아하신다고요? 그럼 여기 진짜 맛있는 와인을 파는 집이 있어요. 빈티지를 좋아하신다고요? 그럼 이 도시만큼 좋은 곳이 없죠. 조금만 걸어보세요. 그냥 아무것도 안 하고 싶다고요? 그렇다면 진짜 여기 잘 오셨어요. 아무 카페에나 앉아서 멍하니 사람들을 구경해보세요. 여행의 참맛은 거기에 있어요.

좋아하는, 내가 좋아하는, 남들과 상관없이 내가 사랑하는, 바로 그것을 위해 여행을 떠나는 것. 어쩌면 그것을 찾는 것만으로도 남들과는 다른 여행의 출발선에 서게 될 것이다. 건투를 빈다.

모든
요일의
여행 :
07

Lisbon, Portugal

다시 올 수 있을까.

행복이 목 끝까지 차올랐다

소화가 될 무렵이면 늘 같은 질문이었다.

다시 올 수 있을까.

듣고 싶은 답은 정해져 있지만 오답일 확률이 크다.
외면하고 싶지만 정답은 '다시는 못 올 것이다.'

이곳은 다시 없다.
사람이 변하고 빛이 변하고 풍경이 변하고
무엇보다
내가 변한다.

어제의 밝았던 이 도시는 오늘 없다.
어제의 초낙관론자인 나는 오늘 사라졌다.

고대 소피스트가 이미 진리를 설파했다.
같은 강물에 두 번 뛰어들 수 있는 사람은 없다고.
여행에 있어서는 나도 소피스트가 된다.
같은 도시에 두 번 도착할 수 있는 사람은 없다.

그렇다면 결론은 명확하다.
지금을 남김없이 살아버리는 것.
다시 없을 지금, 여기.
다시 없을 내가 있다.

거길 못 갔다고 큰일 나는 게 아니야.
그거 못 먹었다고 여행이 끝장나는 게 아니야.

사랑스러운 결점으로
가득 찬 여행

동시에 여러 곳에 존재할 수 있는 사람은 없다. 동시에 여러 순간을 사는 사람도 없다. 그러므로 우리는 선택을 한다. 지금 어디에 있을 것인가, 거기에 언제 있을 것인가. 여행에서 이 두 가지 질문은 끝없이 교차한다. '나의 시간'을 선택하고 '나의 공간'을 선택하여 그 둘을 직조하면 비로소 '나의 여행'의 무늬가 드러난다. 이 무늬는 전적으로 나의 선택이며 나의 책임이다. 그러므로 그 무늬를 사랑하는 것은 나의 의무가 된다.

2015년이 2016년으로 변하는 순간, 나와 남편은 포르투갈 리스본에 있었다. 어김없이 집 앞 술집에서 와인 한 잔 마시던 참이었다. 2016년 1월 1일 0시 0분이 되는 순간, 밖에서 불꽃 소리가 펑펑 울렸다. 나는 반사적으로 자리에서 벌떡 일어나 밖으로 뛰어나갔다. 언제나 즉흥적인 나를 따라 남편도 얼떨결에 밖으로 뛰어나오는데, 와인 바 주인인 미구엘이 남편을 붙잡았다. 남편은 순간적으로 생각했다고 한다. '아, 우리가 계산도 안 하고 뛰어나가니까 놀랐구나.' 지극히 현실적인 생각을 하며 뒤를 돌아보는데, 지극히 낭만적인 대답이 돌아왔다. 미구엘이 남편에게 샴페인 두 잔을 건넨 것이다. 해피뉴이어, 라고 말하며.

동네가 다 울릴 정도로 큰 소리가 나는데 왜 내 눈에는 안 보이는 거지, 펑펑 불꽃 소리가 들릴 때마다 사람들의 환호성도 들리는데 왜 나는 그걸 못 보는 거지, 안타까움에 사방팔방 하늘을 쳐다보며 발을 동동 구르고 있는 내 손에, 남편이 샴페인 한 잔을 쥐어주었다. 해피뉴이어, 라며. 그제야 새해가 되자마자 나는 남편을 버려두고 뛰어나왔다는 걸 깨달았다. 머쓱하고 미안하고, 그리고 불꽃 그까짓 게 뭐라고 싶어 자리로 돌아왔다. 자리로 돌아와 남편과 이야기를 이어가려고 했다. 하지만 밖엔 불꽃놀이가 이어지고 있었다. 펑펑. 잠잠해지나 싶으면 또 펑펑. 그리고 어김없는 환호성들. 펑펑펑. 와아. 펑펑펑펑. 와아아아아.

이거야 원. 도무지 참을 수가 없었다. 남편에게 양해를 구하고 다시 밖으로 뛰어나가는데 뭔가 결정적인 한 방이 울려 퍼지는 느낌이었다. 입구에 서 있던 미구엘이 나를 보며 어깨를 으쓱했다.

"이게 마지막 불꽃이었어."

"넌 봤어?"

"아니."

"아…… 여기서는 결국 안 보이는 거였어?"

"응. 여기선 안 보여."

"아까 사람들이 다들 언덕으로 올라가던데, 그럼 다들 그거 보러 올라간 거야?"

"이제 다 내려올 거야."

"난 왜 몰랐지? 알았으면 올라갔을 텐데."

미구엘은 나를 보며 피식 웃더니 말했다.

"그렇게 걱정하지 마. 이건 세계 최고의 불꽃놀이가 아니야."

미구엘의 그 말에, 정신이 번뜩 들었다. 여행에서의 내 조바심을 정확하게 진단한 말이었다. 못 봤다고 큰일 나는 게 아니야, 이건 세계 최고의 불꽃놀이가 아니야. 거길 못 갔다고 큰일 나는 게 아니야, 이 도시엔 거기만 있는 게 아니야. 그거 못 먹었다고 여행이 끝장나는 게 아니야, 정작 현지인들은 그거 먹지도 않잖아. 그걸 사러 여기까지 온 게 아니잖아, 왜 그렇게까지 필사적인 거야. 남들 다 본다고 너까지 봐야 하는 건 아니잖아, 넌 너만의 여행을 직조하기 위해 여기까지 온 거잖아. 미구엘의 말은 끝도 없이 변주되며, 나의 조바심 곳곳을 찌르고 있었다.

누군가는 지금 이 도시에서 평생 기억에 남을 방식으로 새해를 기념하고 있는지도 모를 일이다. 사랑하는 사람들에 둘러싸여 끝도 없는 포옹을 하고 있을지도 모를 일이다. 하지만 나는 지금 그곳을 선택하지 않았다. 새해가 되는 순간을 우리와 같이 맞이하자, 라고 수줍게 제안해놓고는 "5, 4, 3, 2, 1, 해피뉴이어"라고 외치지도 않고 고요하게 샴페인을 따는 이 와인 바의 귀여운 친구들을 나는 선택했다. 그러므로 불꽃을 보지 못한 것도, 맨 하늘을 바라보다 돌아선 것도 결국 그 순간의 내 선택인 것이다. 어차피 이곳에 있으면서 그곳에 있을 수 있는 사람은 없다.

> 완벽하다고 할 수 있는 방법은 없지, 그가 말했어요. 하지만 완벽한 건 그다지 매력이 없잖아. 우리가 사랑하는 건 결점들이지.[1]

누군가는 이 선택이 내 여행의 결점이라 말할 수도 있을 것이다.

---

1. 존 버거, 《A가 X에게》, 열화당, 2009

"나는 그 순간에 리스본 강가에 있었는데, 사람들이 전부 난리도 아니었어. 진짜……"라고 자랑을 하며 왜 너는 그때 바보같이 그 작은 와인 바에 있었던 거니 질책을 할 수도 있을 것이다. 하지만 나는 이 순간을 나의 사랑스러운 결점이라 말하고 싶다. 수십만 원짜리 샴페인이 아니라, 뛰어나가는 내 손에 쥐어준 이름 모를 샴페인 한 잔이 이 밤을 완벽하게 만들어주고 있으니까. 이 여행에서 두고두고 기억할 것은 밤하늘에 완벽하게 퍼져나가는 불꽃이 아니라, 그 불꽃을 보지 못해 동동거린 나의 아쉬움일 테니까, 그런 나를 보며 미구엘이 툭 던진 그 한마디일 테니까. 그러므로 나는 내가 직조한 여행들의 결점을 사랑해야 한다. 이 여행을 내 것으로 만들어주는 건 그 결점들이니까.

공장에서 막 뛰어나온, 올 하나 풀리지 않은 비단 같은 여행을 만들어야 하는 의무 따위는 여행자에게 없다. 그 완전한 비단만큼 불완전한 여행이 또 어디 있겠는가? 결점을 만들어야 한다. 나만의 선택을 해야 한다. 그리고 믿어야 한다. 그 선택만큼 이번 여행에 옳은 것은 없었다고. 그 선택 덕분에 길을 잃었고, 돈을 많이 써버렸고, 가야 할 곳을 못 갔고, 그래서 결국 희한한 날이 되어버렸다고 할지라도 그 선택이 나의 여행을 만든 것이다.

여행은 한 치의 오류도 없이 목적지 앞에 세워주는 관광버스에서 내리는 순간 시작되는 게 아니다. 실수로 이상한 버스에 올라탄 순간, 그 이상한 버스를 나도 모르게 선택해버린 순간, 나만의 여행은 직조되기 시작하는 것이다.

> "난 내일의 진리를 말하지."
>
> "난 오늘의 과오 쪽이 더 마음에 들어요."[2]

---

2. 오스카 와일드, 《도리언 그레이의 초상》, 김진석 옮김, 펭귄클래식코리아, 2008

Lisbon, Portugal

Lisbon, Portugal

Lisbon, Portugal

모든
요일의
여행 :
08

Lisbon, Portugal

타인의 취향은 안전하다.

블로그와 인스타그램과 구글을 몇 개월간 넘나들며
핸드폰 지도앱에 수백 개의 별표를 쳤다.
맛있다는 추천에, 예쁘다는 추천에, 싸다는 추천에
얼굴도 본 적 없는 타인들의 추천에 별은 끝없이 번식했고
어느새 은하수가 되어버렸다.

덕분에 나는 그만 블랙홀에 빠져버렸다.
동방박사도 아니면서
별을 따라 목적지에서 목적지로만 이동하다 보니
어느새 나는 여행을 잃어버린 것이다.
안전한 곳만 찾아다니다 보니
모험의 즐거움을 놓쳐버린 것이다.
나는 결코 안전하기 위해 여행을 떠난 것이 아니었는데.

별들을 지나쳐 뒷골목으로 접어들었다.
관광객이 결코 찾아들 리 없는 동네 실비 집으로 들어갔다.
영어 메뉴판도 없는 곳에서
도박하는 심정으로 주문을 마치고 한숨을 크게 내쉬었다.
마침내 블랙홀을 빠져나온 것이다.

내게 필요한 것은 남의 은하수가 아니었다.
나만의 견고한 별 하나였다.

모든 요일의 여행 : 09

Aix-en-provence, France

매일 그곳에서도 해는 뜨고 졌을 텐데

그곳의 해라고 다르진 않았을 텐데

해가 뜨면 아침이라는 사실에,

출근해야 한다는 사실에 짜증을 냈다.

해가 지면 집에 갈 생각에,

매일 반복되는 그 생각에 집착했다.

같은 해가 이곳에도
뜨고
진다.

나는 넋을 잃고
풍경 저 끝에서 이 끝까지
카메라를 들고 뛰어다닌다.
마치 해 지는 걸 처음 본 사람처럼.

그곳과 이곳은 다른 해가 아닌데
그곳과 이곳에서의 내가 너무나도 달라
해도 달도 별도 다르게만 보인다.

그곳에서도 잠깐이라도
여행자로 살 수 있다면.
퇴근길 1분이라도
출근길 1분이라도
여행자가 될 수 있다면.
잠깐이라도
행복한 내가 될 수 있다면.

딩글에는 무려 50개가 넘는 펍이 있었다.
서울의 가로수길보다 작은 도시에 50개가 넘는 펍이라니.

좋은 술을 영접하기 위해
떠나는 여행

신혼여행으로 아일랜드에 간다고 말했다. 친구가 말했다. "아일랜드에 가는 이유를 세 가지만 말해봐." 잠시의 주저도 없이 내가 대답했다. "맥주, 펍, 기네스." 친구가 어이없다는 얼굴로 대답했다. "그건 다 같은 거잖아." 더 어이없다는 표정으로 내가 대답했다. "그건 완전히 다른 거야."

그렇다. 그 셋은 완전히 다르다. 기네스는 아일랜드를 대표하는 흑맥주다. 기네스 하나만을 위해서도 아일랜드는 충분히 갈 만하다. 처음, 아일랜드에 도착해서 기네스를 마시는 순간 말했다. "뭐야, 지금까지 내가 먹은 기네스는 다 가짜였잖아." 물론, 여행 마지막 날 더블린 기네스 팩토리에서 기네스를 마신 이후에도 같은 말을 했다. "뭐야, 지금까지 내가 먹은 기네스는 다 가짜였잖아." '좋은 술은 여행하지 않는다'라는 말을 입증하듯 기네스는 더블린 기네스 팩토리에서 멀어지면 멀어질수록 맛이 없어졌다. 하지만 아일랜드에는 기네스만 있는 것이 아니다. Murphy's, Kilkenny, Beamish 등 기네스만큼이나 색깔 있는 맥주들이 많았다. 그리고 무엇보다 그 모든 것을 온몸으로 받아들일 수 있는 펍이 아일랜드에는 있었다. 펍을 단순히 '술집'으로 받아들여서는 곤란하다. 다정한 사람들과 다정한 아일랜드 전통음악, 다정한 맥주들과 안주들 그리고 다정한 분위기까지 모든 것이 있는 곳이다. 그리고 그 다정함의 색깔과 온도는 백 개의 펍이 있다면 백 개가 모두 달랐다. 그러니 맥주, 펍, 기네스를 위해 아일랜드를 간다는 건 어이없는 짓이라기보다는 매우 합리적인 짓이었다. 적어도 나와 남편에게는.

아일랜드 여행책을 수개월간 뒤적거린 결과, 나는 특히 딩글에 가고 싶어졌다. 더블린도 아니고 골웨이도 아닌 딩글. 아일랜드 서쪽의 작은 바닷가 마을. 시내버스도 택시도 없는 마을. 그러니까 그런 게 도무지 필요 없을 정도로 작은 마을. 도시 전체를 다 둘러본다고 해도 30분이 안 걸리는 마을. 하지만 나는 꼭 그 마을에 가고 싶었다. 골웨이에서 킬라니로 간 다음 다시 그곳에서 버스를 두 번 더 갈아타고 딩글에 도착했다. 왜 그렇게 딩글에 가고 싶었냐고? 딩글에는 무려 50개가 넘는 펍이 있었다. 서울의 가로수길보다 작은 도시에 50개가 넘는 펍이라니. 나는 그 숫자가 도대체 현실로 느껴지지 않았다.

딩글에 도착해서 우리가 가장 먼저 간 곳은 CD가게였다. 아일랜드에 와서 가장 놀라웠던 건 아일랜드 음악이었기 때문이다. 가는 펍마다 아일랜드 뮤지션들을 만났고, 그들은 일상처럼 아일랜드 민속 음악을 연주했다. 한 번도 아일랜드 음악을 들어본 적도 없으면서, 그 음악은 묘하게 사람들을 하나로 엮어주었다. 편했고, 흥겨웠다. 덕분에 술도 생각보다 많이 마시게 된 것이 유일한 단점이라면 단점이랄까.

CD가게를 쭉 둘러보다가 아일랜드 음악 코너에서 CD 한 장을 뽑아들고 물었다.

"이 음악은 어떤 음악이에요?"

주인은 말없이 내 손에서 CD를 빼앗더니 포장을 뜯어버렸다. 그리고 CD플레이어로 그 음악을 들려주었다. 갑자기 머릿속이 복잡해졌다. 포장을 뜯어버리다니. 사야 하는 건가. 설마. 설마 아니겠지. 복잡한 내 머릿속은 상관도 하지 않고 주인장은 그 음악에 맞춰서 악기를 들고 함께 연주를 했다. 그러더니 말했다. "또 들어보고 싶은 음악 있으면 물어봐요." "저렇게 포장을 뜯어버리면 어떡하나요." 주인장은 어깨를 으쓱하더니 "괜찮아요"라며 계속 연주를 했다. CD 몇 장의 포장이 뜯겨나갔다. 한참이 지났다. 음악은 계속되었고, 연주도 계속되었다. 어렵게 몇 개의 CD를 골랐다. 계산을 하다 말고 주인아주머니가 물었다.

"어느 나라에서 왔어요?"

"한국이요. 신혼여행으로 왔어요."

"와! 이 가게에 한국 사람이 온 건 처음이에요. 처음이니까……."

주인아주머니가 허리를 굽히고 카운터 아래에서 뭔가를 꺼냈다. 아일랜드 위스키였다. 그리고 잔도 세 개를 꺼냈다. 콸콸콸콸. 순식간에 잔 세 개에 위스키가 가득 찼다. "반가워요. 슬란챠!(아일랜드말로 '건배'라는 뜻)"라더니 아주머니는 단숨에 위스키를 비웠다. 우리는 이게 무슨 일인지 다 파악하기도 전에 위스키를 비워야 했다. 한낮에. CD가게에서. 단숨에. 가득 찬 위스키를. 각자 한 잔씩 마셨다. 알딸딸한 상태로 생각했다. '진짜 술쟁이들의 나라에 왔구나. 드디어 술쟁이들의 마을에 도착했구나.'

위스키 한 잔은 취기와 함께 화장실 욕구도 선물했다. CD가게를 나와 종종걸음으로 걷다가 화장실이 너무 급해져서 아무 문이나 밀고 들어갔다. 들어간 후에야 거기가 펍이라는 것을 알았다. 입구에 서서 맥주를 마시던 사람들이 길을 비켜주었다. 그중 한 사람이 소곤거렸다. "이 사람들, 신혼여행으로 여기에 왔대." 오호라, 하는 눈빛으로 사람들은 다시 우리를 훑어보았다. 우리는 한국말로 속삭였다. "벌써 마을 전체에 소문난 거야?" 그렇게 우리는 예상치도 못한 세계로 다시 빨려 들어갔다.

펍의 이름은 Dick Mack's. 백 년이 된 바였다. 물론 아일랜드에서 백 년 정도 된 바는 명함도 못 내밀지만, 거긴 뭔가 그보다 더 오래전의 공기가 멈춰져 있었다. 기다란 나무 테이블이 있었고, 뒷벽에는 백 년도 더 된 것 같은 구두상자들이 듬성듬성했다. 그 위로 무성의하게 액자들이 달려 있었다. 묘했다. 멋을 낸 것도 아닌 것 같은데, 아무리 유능한 인테리어 업체가 와도 이보다 더 멋스럽게 꾸밀 순 없을 것 같았다. 공기와 먼지까지 꾸밀 수는 없을 테니 말이다. 아니나 다를까, 펍 주인의 할아버지가 구두장이였단다. 할아버지는 펍 2층의 방에서 태어났고, 이제는 그 자신도 할아버지가 된 손자가 1층에서 펍을 하고 있었다. 할아버지의 신발상자를 듬성듬성 쌓아두고. 백 년 전처럼 그대로. 그 공간 안에서 사람들은 자연스러웠다. 사람들은 의자든 어디든 가리지 않고 앉거나 서서 술을 마시고 있었고, 눈이 마주치면 우리에게 술을 권했다. 거의 다 마실 때쯤이면 앞자리든 옆자리든 누군가가 말을 걸었다. "한 잔 더?"

술쟁이들은 옳다. 아니, 어떤 술쟁이들은 옳다. 나는 아일랜드 술쟁이들을 좋아한다. 내가 아일랜드에서 술쟁이가 되었을 때를 좋아한다. CD가게의 주인아주머니 이야기는 한국에 돌아와서도 수십 번을 말했다. Dick Mack's를 비롯한 수많은 펍들에 대해서도 수년간을 자랑했다. 그러고 나서, 나는 이 술쟁이들이 그리워졌다. 낮이든 밤이든 펍에 들어서면 아일랜드 음악을 연주하는 사람들이 있는 술쟁이들의 성전이 그리워졌다. 낮이든 밤이든 거기서 술을 몇 잔씩이나 시켜먹는 술쟁이들이 보고 싶어졌다. 모르는 우리에게도 술잔을 들어 건배를 하며 "슬란차!"라고 말하는 술쟁이들. T로 시작하는 요일엔 술을 마셔야 한다고 말하면서, Sunday를 Thunday라고 바꿔 말하는 술쟁이들. 좋은 술도 좋은 펍도 여행하지 않으니, 우리는 늘 다시 아일랜드 여행 계획을 세운다. 그럴 수밖에 없다. 어제는 어제의 술을 마셨으니, 오늘은 오늘의 술을 마셔야 하는 것처럼. 그럴 수밖에 없다.

Dingle, Ireland

Dingle, Ireland

Dingle, Ireland

an droicead beag
ALL SPORTS BAR
HURLING, FOOTBALL,
SOCCER & RUGBY.
O'NEILLS
GILBERT
O'NEILLS
Bóthar an Spá
SPA ROAD

an droiċea

sports
bar

THE

시선은 어딘가에 끝없이 머물렀다.
시선이 머무는 구석구석마다 작지만 확고한 행복들이 손을 들었다.

한 시간짜리
도시 마니아의 여행

"한 시간짜리 도시예요."

"두 시간이면 충분해요."

"저는 하루에 ×××도 보고, ○○○까지 다 둘러봤어요."

"당일치기 가능합니다."

인터넷 상에 수없이 넘쳐나는 건 이런 여행 정보들이다. 볼 때마다 머릿속에는 물음표들이 날아다닌다. '한 시간짜리 도시'라는 건 도대체 누구의 판단인 걸까? 도대체 어떤 기준으로 도착도 하기 전에 그 도시의 가능성을 재단해버리는 걸까? 몇 분 둘러보고 "다 봤다"라고 선언해버릴 수 있는 용기란 어떤 걸까? 그 패기는 도대체 어디에서 나오는 걸까? 그렇게 하루에 몇 도시를 돌아다니는 건 도대체 무슨 의미인 걸까? 물음표는 화수분처럼 계속 솟아난다.

그들의 기준에 의하면 나는 한 시간짜리 도시 마니아다. 30분짜리 도시면 더 좋다. 그걸 '도시'라고 부를 수 있는지는 모르겠지만. 마을이라 불러도 좋고, 읍내라 불러도 좋고, 시골이라 불러도 상관없다. 어쨌거나 여행을 계획할 때 제일 먼저 골몰하는 것은 가고 싶은 작은 마을을 정하는 것이다. 블로그에 정보 따위는 없는 마을. 있더라도 사진 한 장이 전부인 마을. 그런 마을의 정보 한 줄을 얻는 것은 힘겹고, 그런 마을에 가는 길은 험난하다. 대중교통은 없거나, 있더라도 하루 한두 대의 버스가 전부. 운전면허증도 없는 나와 운전을 싫어하는 남편은 말 그대로 산 넘고 물 건너야 한다. 언제나 겨우겨우 그곳에 도착하고는, 며칠씩 머물러버린다. 우리가 어떻게 여기에 도착했는데, 라는 심정으로. 그리고 그곳에서의 시간은 여행 상자 안에서 가장 빛나는 보석이 되곤 한다. 가장 희귀하고도 가장 따스한 기억으로만 채워진 보석. 우리들만의 보석.

포르투갈에서 우리들만의 보석은 마르방이었다. 스페인과 포르투갈의 접경지역에 있는 요새 도시, 마르방. 거기까지 가는 대중교통은 아예 없었다. 결국 그 근처 마을까지 가서 놀다가, 택시라도 타고 마르방으로 가야겠다고 마음을 먹었다. 하지만 세상 일은 그렇게 마음먹은 대로 되는 게 아니었다. 근처 마을, 카스텔드비드에서 놀고 있는 우리에게 한 남자가 다가온 것이다.

"혹시 당신이 '김'인가요?"

"네?"

그 아저씨는 몇 번이고 같은 질문을 했고, 나는 몇 번이나 못 알아들었다. 아저씨는 결국 질문을 바꿨다.

"혹시 오늘 밤 마르방에 숙소를 예약하지 않았나요?"

"네, 했어요. 그걸 어떻게……."

"오늘 우리 집에 묵겠다고 예약한 사람이 '김'이었는데, 혹시 당신이 아닌가 해서요."

"혹시 예약한 사람의 이름이 김민철?"

"네!"

"제가 김민철이에요. 근데 숙소 주인이시라고요? 진짜로요? 어떻게 저를 아셨어요?"

"동양인이 보이길래, 혹시나 해서 물어봤어요. 이 동네에 동양인은 잘 안 오니까. 잘됐네요. 제 차를 타고 마르방으로 가시면 돼요."

택시 요금이 얼마 나올지 몰라 겁먹은 우리에게 집주인은 기적처럼 등장했다. 집주인과 아내와 장성한 아들이 탄 그 차에 우리도 끼어 탔다. 주인은 삼십 분 넘게 차를 몰아 마르방에 도착하더니, 2층 전체를 내주고, 벽난로도 피워주고, 떠나는 날 다시 근처 큰 도시로

태워주겠다고 말하면서 사라졌다. 우리에게 남은 건 방에서도, 화장실에서도, 그러니까 모든 창문 밖으로 지나치게 무심하게 펼쳐진 스페인 대평원이었다. 그렇다. 우리는 접경지역에 도착한 것이었다. 왼쪽은 포르투갈, 오른쪽은 스페인. 좀 걷다 보면 갑자기 스페인 통신사의 안테나가 떴고, 또 좀 걷다 보면 갑자기 포르투갈 통신사의 안테나가 떴다.

동네 술집에 들어갔다. 배가 잔뜩 나온 아저씨들이 바 앞에 서서 스포츠를 보며 왁자지껄 떠들다가 우리의 등장에 갑자기 입을 다물었다. 손님들도 주인아저씨도 우리 앞에서 수줍어했다. 우리가 맥주를 마시며 맛있다는 표정을 지으니 손님들도 주인아저씨도 다 즐거워했고, 우리가 와인을 마시며 행복해하면 손님도 주인아저씨도 다 행복해했다. 맥주 두 잔에 와인 네 잔을 마셨다. 주인아저씨는 3.4유로라 말했다. 겨우 오천 원 남짓한 돈. 잘못 계산하신 것 같다며 우리가 마신 빈 잔들을 다시 보여줬다. 주인아저씨는 진지한 얼굴로 다시 빈 잔들을 계산하더니 화알짝 웃으며 3.4유로라고 대답했다. 작은 마을로 왔더니 우리의 지갑이 갑자기 커져버렸다. 부자가 되어버린 기분이었다.

스페인 하늘에도 포르투갈 하늘에도 차별 없이 별들이 쏟아졌다. 하얀 마르방 위로 까만 밤이 쏟아졌다. 지나치게 고요한 마르방의 그 하늘을 보며 우리는 소리 죽여 이야기를 했다. 별이 너무 많아

밤이 환했다. 이 밤이 끝나지 않길 빌었지만, 동시에 내일의 해가 얼른 뜨길 빌었다. 별도 해도 다 궁금했다.

적막을 가로지르며 다시 해가 떴고, 아무도 없는 성곽 위에 올라 우리는 스페인 평원으로 떠오르는 해를 보았다. 하얀 도시가 붉게 물들어가는 걸 하염없이 바라보았다. 소박하지만 신선한 아침을 먹었고, 슬슬 산책을 하다 한 잔에 천 원도 하지 않는 커피를 마셨다. 시선은 어딘가에 끝없이 머물렀다. 시선이 머무는 구석구석마다 작지만 확고한 행복들이 손을 들었다. 나는 종종 가슴을 탕탕 쳤다. 너무 행복하여 심장이 터져버릴 것 같았기 때문이다.

작지만 확고한 행복을 찾는 여정은 계속되고 있다. 중국 북경에서는 기차를 타고 열한 시간 떨어진 도시 핑야오에 기어이 도착했다. 프랑스 보뉴에서는 한 할머니의 대저택에 초대를 받기도 했다. 패티 스미스를 보기 위해 도착한 님에서는 바로 옆 식탁에서 패티 스미스를 만나는 행운을 누리기도 했다. 큰 도시에서의 행운은 늘 모자라지만 작은 마을에서의 행운은 밤늦도록 말할 수 있다. 이탈리아 그 마을에 관해, 포르투갈 그 마을에 관해, 아일랜드 그 마을에 관해, 그러니까 세상의 모든 작은 마을 관해서는 끝없이 행복한 표정으로 끝없이 말할 수 있다.

Marvão, Portugal

Marvão, Portugal

살아오면서 그런 유의 행복을 종종 맛본 적이 있다. 여행 끝에 마시는 한 잔의 물. 소박한 은신처, 세상 어느 귀퉁이에서 남모르게 살아가는 인간의 따뜻하고 소모되지 않은 마음. 그 마음은 낯선 이를 기다린다. 그리고 마침내 그 길의 끝에서 낯선 이가 나타날 때, 인간을 발견한 그 마음은 기쁨으로 설렌다. 그리하여 마치 사랑에 빠진 것처럼 지극히 환대한다.[1]

작은 마을들은 어김없이 우리를 환대한다. 큰 도시에서는 우리를 버린 것임에 틀림이 없는 행운의 여신이, 유독 작은 마을에서는 우리를 잽싸게 발견한다. 그리고 행복의 진수성찬을 차려버린다. 이 진수성찬은 오롯이 우리들의 것. 어디에서도 맛본 적 없는 독특한 맛. 오래도록 기억하고 싶은 다정한 맛. 그 소박한 진수성찬을 맛보고 싶다면 시간을 줘야 한다. 행운의 여신도 우리를 찾아낼 시간이 필요하지 않겠는가? 그러므로 한 시간이 아니라, 하루. 하루가 아니라, 3일. 유명한 것이 없으므로 오래, 별게 없으므로 천천히. 어디에서도 보지 못할 풍경이므로 음미하며, 낯선 얼굴들과 마주칠 때마다 웃는 낯으로. 그렇게 여행의 보석을 품는 것이다. 나만의 보석을 세공해가는 것이다. 작지만 확실한 보석을.

---

1. 니코스 카잔차키스, 《지중해 기행》, 열린책들, 2008

모든
요일의
여행 :
10

Siena, Italy

다행이다.
욕심이 없다.
비싼 핸드백에도
명품 구두에도
값비싼 보석에도
욕심은 조용하다.

다행이다.
욕심이 많다.
아직 못 가본 곳,
아직 못 느껴본 것,
아직 못 만난 바람,
아직 못 만난 표정,
아직 못 만난 나 자신에는
욕심이 불끈불끈한다.

아무도 다치게 하지 않는
욕심이 있다.
그저 나를 무럭무럭 키우는
욕심이 내겐 있다.

무용하고 싶지만 무용한 시간을 견딜 힘이 우리에겐 없는 것이다.

유용한 여행
무용한 여행

대체 '유용하다'라는 게 무엇을 의미하는가?

유사 이래 모든 인류의 유용성의 총합은

바로 오늘날 이 세계 속에 고스란히 담겨 있지 않은가.

그렇다면 무용한 것보다 더 도덕적인 것도 없지 않은가.[1]

이 세계에서 우리는 유용해야 한다. 지나치게. 유용한 하루를 보

1. 밀란 쿤데라, 《불멸》, 민음사, 2010

낼 수 있을 만큼 자야 하고, 유용한 활동을 할 수 있을 만큼 먹어야 하고, 유용한 사람이 되기 위해 돈을 벌어야 한다. 쉬는 데에도 유용함은 빠지지 않는다. 오죽하면 휴가의 목적을 '리프레쉬'라고 말하겠는가. 리프레쉬. 단어가 프레쉬해 보인다고 속으면 안 된다. 실은 일하기 좋은 상태로 다시 만들어야 한다는 뜻이다. 평가의 기준은 언제나 우리의 유용함이다. 그러니 일상 속에서 꿈꾸는 사치는 이런 것이다. 햇빛 아래 맛있는 커피 한 잔 시켜놓고 책을 읽거나 멍하니 먼 곳만 보거나 지나가는 사람들만 구경하거나 그러니까 있는 대로 여유를 부리는 텅 빈 시간, 한껏 무용한 시간.

여행을 떠나기 전에는 한껏 무용해지자 마음을 먹는다. '아무것도 안 할 거야'라며 짐짓 호탕하게 말해본다. 하지만 여행지에 도착하는 순간, 마음에는 다시 유용함이란 기준이 자리 잡는다. '언제 또 올 수 있겠어?' '그래도 여기까지 왔는데.' '그것도 못 보면 아깝잖아.' 등등 유용함은 각종 핑계를 달고 여행 한가운데에 뻔뻔하게 자리잡아버린다. 그리하여 '무용하자'라는 다짐이 무색할 정도로 여행자의 스케줄은 봐야 할 것, 가야 할 곳, 먹어야 할 것, 사야 할 것 등등 유용한 것들로만 빼곡히 들어차게 된다. 무용하고 싶지만 무용한 시간을 견딜 힘이 우리에겐 없는 것이다.

무용한 여행은 뜻하지 않게 찾아왔다. 프랑스 디종에 도착한 것이다. 디종에 간 이유는 간단했다. 내가 가고 싶은 소도시로 가는 버스가 디종 터미널에 있었기 때문에. 디종에 3일이나 머물게 된 이유도 간단했다. 내가 가고 싶은 소도시로 가는 버스가 일요일 오전에만 있었기 때문에. 만약 디종에게 인격이 있었다면 이건 무척 자존심 상하는 일일 것이다. 수많은 관광객들이 디종 머스터드를 맛보기 위해 그 도시를 일부러 찾는데, 우리는 디종을 순전히 중간기착지로, 어쩔 수 없이 선택한 것이기 때문이다.

우리는 디종에 대해 아무것도 몰랐고, 아무것도 알려고 하지 않았다. 지도 한 장 손에 없었다. 유일하게 가지고 있는 정보는 전날 식당에서 옆자리에 앉은 미국인 부부가 꼭 가보라며 알려준 술집밖에 없었다. 그 부부는 자신들도 우연히 발견한 곳인데 '플랑쉐'라는 메뉴를 꼭 시켜보라며, 매우 훌륭한 치즈와 햄들의 맛부터 시작해서 나무도마에 이쑤시개 꽂힌 모양과 10유로 조금 넘는 가격에 이르기까지 우리에게 칭찬에 칭찬을 거듭했었다. 그리하여 디종에 도착한 우리는 집주인을 만나 열쇠를 받고, 예쁜 집 상태에 만족을 하고, 미국인 부부가 알려준 식당으로 걸어가서 플랑쉐를 시키고, 감탄하고, 다 먹어치우고, 살살 걸어 장을 보고, 또 살살 걸어 우리 집으로 돌아왔다. 다음 날도, 그다음 날도 디종에서의 우리는 한가했다. 그냥 집 앞 광장에 나가서 책을 읽고 시장에 들러 구경 좀 하고 또 광장에서 책을 읽고 술을 마시며 이 도시에 다시 올 일은 없겠구나, 라고 막연히 생각하며 멍하니 시간을 흘려보냈다.

그때 한 아저씨가 눈에 띄었다. 멍하니 한 곳을 응시하며 커다란 분수에 혼자 발을 담그고 있는 아저씨였다. 여름 한낮 디종은 그야말로 고요했고, 아무 일도 일어나지 않았다. 가끔 바람이 불어 나뭇잎이 흔들렸고, 태양은 가공할 만한 위력으로 내리쬐고 있었고, 카페 차양 아래 사람들이 앉아 맥주를, 와인을, 커피를 마시는 중이었다. 그리고 그 가운데 아저씨가 앉아 있었다. 그 아저씨를 내가 보고 있었다. 시간이 흘러가는 모습을 보고 있었다. 목적도 없고, 방향도 필요 없는 시간이었다. 텅 빈 시간이었다. 문득 깨달았다. 아, 내가 이 순간을 정말로 그리워하겠구나. 파리보다도, 남프랑스보다도, 더 그리워하겠구나. 유명한 관광지는 그리워하지 않아도 이 광장은 그리워하겠구나. 특색 없는 이 맥주가 간절해지는 순간이 오겠구나. 아무것도 아닌 이 카페가, 지금 이 기분이, 나른함이, 이 속도가, 저 멍한 시선이, 이름조차 붙일 수 없는 이 모든 무용한 시간이 그 무엇보다 그리워지는 순간이 오겠구나.

예감은 정확했다. 바쁘게 회사 일을 하다가 문득, 밥을 먹다가 문득, 지하철 안에서 문득, 이상하게도 문득문득 생각나는 것은 그런 순간들이다. 너무 아무것도 아니라서 이름조차 붙일 수 없는 순간들. 그리하여 이름조차 붙일 수 없는 그리움들. 이런 그리움이 유난히 지독한 날에는, 약이 없다. 다시 여행을 떠날 수밖에 없다. 유용한 시간을 그만두고 무용한 시간을 찾아 길 위에 다시 설 수밖에 없다.

CAFE

Dijon, France

모든
요일의
여행 :
11

Paris, France

나의 첫 여행이 끝나던 밤에

나는 퍼즐을 맞췄다.

숙소 바닥에 앉아.

혼자서 아무 말 없이.

도대체 왜 여행에서 퍼즐을 산 건지

나도 나를 이해할 수 없었다.

도대체 왜 마지막 밤에

그 퍼즐을 맞추고 싶어진 건지
나는 퍼즐처럼 종잡을 수 없었다.
종잡을 수 없는 어지러운 퍼즐을
혼자서 밤늦도록 맞췄다.

다음 날 아침, 퍼즐을 박스에 쓸어 담았다.
지난밤의 흔적은 사라졌다.
마치 아무 일도 없었던 것처럼.
여행도 끝났다.
마치 아무 일도 없었던 것처럼.

정말 아무 일도 없었던 것일까.
정말 아무것도 남지 않은 것일까.
여행은 정말 퍼즐 같은 것일까.

여행의 기억을 온몸에 새긴 나는
이토록 고스란히 남아버렸는데.
그 시간은 내 핏줄에 기록되었는데.
그 공기는 내 이마가 기억하는데.
그 설렘은 내 피부에 새겨졌는데.
이런 나를 두고
어떻게 여행을 퍼즐에 비교할 수 있을까.
여행은 기어이 나를
또 다른 나에게로 데려가는데.

'혼자'는 내 여행의 단단한 코트였다.
따뜻하고 편안하고, 그래서 벗고 싶지 않은.

나의 무능한
여행 짝꿍

내 여행의 단짝은 외로움이었다. 생애 첫 여행, 외로움과 같이 떠날 수 있어 운이 좋다 느꼈다. 친구와 함께였다면 분명 내 여행을 돌보지 못했을 테니까. 가보고 싶었던 미술관에서 친구가 하품만 해도 "나갈까?"라고 물었을 게 분명했다. 먹고 싶었던 음식 앞에서도 친구가 "난 별로 생각 없는데"라고 말하면 "그럼 나도 됐어"라며 돌아설 게 분명했다. 상대의 기분에 너무 쉽게 좌지우지되는 나였다. 그 사실을 진작 깨달을 수 있어서 다행이었다. 나는 혼자여야 했다. 혼자일 때 외로움은 드물게 찾아왔다. '자주'가 아니라 '드물게'. 그마저도 수첩 한 페이지 끄적이면, 커피 한 잔 마시면 순식간에 사라졌다. 혼자라 생각이 많았고, 혼자라 그 생각들을 정리할 시간이 많았다. 무섭지 않냐고 외롭지 않냐고 수많은 사람들이 물어봤지만, 그때마다 내 대답은 하나였다. "아니요." 겁도 없고, 외로움도 드물고, 혼자가 편한. 나는 그런 여행자였다.

혼자 여행을 하면 사람들이 쉽게 다가왔다. 손만 들어도 히치하이킹이 가능했다. 멍하니 버스 정류장에 앉아 있으면 할머니들이 먹을 걸 나눠줬다. 밥을 사주는 할아버지도 있었다. 한 무리의 소녀들을 이끌고 섬으로 여행을 온 선생님은 혼자 다니는 나를 딱하게 여긴 건지, 가는 곳마다 나까지 데리고 다녀줬다. 그 밤, 그 선생님이 예약해놓은 민박집의 주인할머니는 방을 같이 쓰자고 말했고, 숟가락만 하나 더 놓으면 된다며 밥까지 차려주셨다. 그 겨울에 남해의 별미를 나는 염치도 없이 잘 받아먹었다. 외국 사람들도 혼자인 내게 친절했다. 집으로 초대한 할머니도 있었고, 밥을 사준 사람들도 있었다. 유난히 내가 불쌍해 보였던 걸까? 알 수 없다. 어쨌거나 '혼자'는 내 여행의 단단한 코트였다. 따뜻하고, 편안하고, 그래서 벗고 싶지 않은.

Lourmarin, France

도쿄의 친구 집에서 오래 머무를 때 또 다른 친구들이 합류했다. 친구 집에 네 명의 여자가 복작복작 모였다. 낯선 땅에서 친구들을 만난다는 건 내게 새로운 경험이었다. 골목 선술집에 서서 술을 마시고 배가 아플 정도로 웃었던 밤이 생겼다. 교외로 가는 지하철을 타고 무작정 아무 곳에나 내려서 해가 질 때까지 후지산을 보며 술을 마셨던 일요일도 생겼다. 한 명은 커피 전문가였기에, 그 친구 덕분에 맛있는 커피의 기억도 생겼다. 함께 여행하는 것도 꽤 괜찮은 일이었다. 아니, 즐거운 일이었다. 하지만 나는, 폭발해버렸다.

누군가 늑장을 부리며 준비한 것에서, 아무도 오늘 어디 가고 싶은지 고민하지 않는 것에서, 나만 고민하고 있다는 것에서, 그리하여 낯선 길을 헤매며 나만 목적지를 찾고 있다는 것에서, 그러니까 아무것도 아닌 모든 것에서, 정말 사소해 먼지 같은 것들에서 나는 폭발해버린 것이다. 가이드가 아니면서도 가이드 짓을 버리지 못한 건 정작 나인데. 아무도 그걸 내게 요구한 사람은 없는데. 친구들은 눈치채지도 못하는 배려 덕분에 결국 나를 위한 여행이라기보다는 남을 위한 여행을 하고 있었다. 그리고 그 억울함이 어느 순간 뱃속에 자리를 잡더니 마음까지 단숨에 사로잡아서 나를 폭발하게 만든 것이다.

가장 늦게 도쿄에 도착한 친구가 가장 먼저 알아챘다. 나에게 지금 가장 필요한 것은 여행이 아니라 혼자 있는 시간이라는 것까지도 친구는 간파했다. 커다란 공원에 도착해서 친구는 "철아, 우리 신경 쓰지 말고, 너 혼자 여행해. 혼자 있고 싶은 만큼 있다가, 괜찮아지면 전화해"라고 등 떠밀었다. 나는 굳어진 얼굴로 나무 그늘 아래로 가서 mp3를 귀에 꽂고 수첩을 폈다. 밤나무 냄새가 너무 지독했는데 그 사실도 눈치채지 못했다. 혼자 떨어져서 글을 쓰고, 책을 읽으며 점점 화를 떠나 보냈다. 두 시간쯤이 지나서야 나는 간신히 회복했다. 그리고 깨달았다. 나는 누군가와 같이 여행하기에 꽤나 부적합한 인간 부류라는 걸. 이제 진짜 여행은 혼자만 떠나야겠다고.

얼마 지나지 않아 그 다짐을 깨야만 했다. 신혼여행을 혼자 갈 수는 없었기 때문이다. 결혼 날짜를 잡기도 전에 신혼여행지는 정해두었다. 아일랜드. 6개월이 넘는 시간 동안 신혼여행을 준비했다. 《론니플래닛》 아일랜드판을 사놓고 영어만 빽빽한 그 책을 아침저녁으로 정독했다. 어디를 가고 싶은지, 어디를 가야 우리가 좋아할지, 끝없이 상상하며 꼼꼼히 준비했다. 그리고 결혼하기 일주일 전, 나는 저녁을 먹다가 남자친구에게 물었다.

"근데, 우리 신혼여행 어디로 가는지 알아?"

"아, 맞다. 안 그래도 그거 물어보려고 그랬어."

신혼여행은 일주일밖에 안 남았는데, 그걸 물어보려고 그랬다니! 나는 침착하게 아일랜드 지도를 펼쳐 들고 설명을 시작했다. 보통은 더블린에서 여행을 시작하지만, 나는 아일랜드의 서쪽이 궁금하므로 골웨이로 가는 비행기 티켓을 예매해뒀다. 딩글이라는 도시가 특히 궁금하므로 숙박을 이틀 예약해두었지만, 혹시 너무 마음에 든다면 하루 더 머무를 수 있도록 그 이후의 하루는 일정에서 비워뒀다. 그때 딩글이 마음에 안 든다면 갈 수 있는 후보 도시로는 이런 것들이 있다, 등등. 설명이 끝나자 남자친구는 딱 한마디만 했다.

"잘 따라다닐게요."

아, 맞다. 이런 사람이었지. 삐질삐질 웃음이 나왔다. 내가 본 사람 중에 가장 길치. 방향 감각도 제로. 3년을 매일같이 다닌 길 위에서, 다시 길을 물어보는 사람. 매일 오가는 학교와 집인데 수시로 지하철을 잘못 타는 사람. 밑도 끝도 없이 이상한 곳에서 내려버리는 사람. 여행에 적합한 어떤 감각도 탑재하지 못한 사람이 내 남편이었다. 심지어 여행 욕구도 없었다. 어떻게 그럴 수 있냐고 연애할 때 내내 물어봤지만, 그냥 그런 사람이었다. 어떤 나라가 궁금하다거나, 거기 가보고 싶다는 생각 자체를 해본 적이 없는 사람. TV 여행 프로그램을 보면서 늘 흥분 모드로 "우리 나중에 저기 가볼까?"라는 나에게 "응"이라는 대답만 남기는 사람. 여행하기 몇 개월 전부터 여행 준비하는 것을 인생의 낙으로 아는 나에게, 봐야 할 것도 가야 할 것도 먹어야 할 것도 없는 남편이 생겼다. 외로움의 자리를 대신할, 나의 새로운 여행 짝꿍이 생긴 것이다.

아니나 다를까, 이 여행 짝꿍은 무능했다. 어이가 없을 정도로. 기차 안에서 "우리가 지금 가는 곳이 어디라고?"라고 물으면 한참 생각한 후 간신히 그 도시 이름을 말할 정도로 무식이 넘쳤다. 일주일이나 머무른 도시에서 "우리가 지금 어디에 있지?"라고 물어서 난 누군가, 여긴 어딘가를 목청껏 외치고 싶게 만들기도 했다. 한참 낯선 거리 위에서도 "이제 집에 다 온 거지?"라고 말을 해서 나를 경악하게 만들기도 했다. 목적지를 정하는 것도 내 몫, 지도를 보는 것도 내 몫, 그 목적지까지 찾아가는 것도 내 몫이었다. 그밖에 소소한 것들이 모두 내 몫이었다.

딱 한 번, 생일선물로 뭘 받고 싶냐는 질문에 '전주 여행'을 선물해달라는 답을 했다. 대신, 모든 준비는 남편이. 나는 아무것도 하지 않겠다는 전제조건을 붙였다. 손이 근질근질했지만, 아무것도 찾아보지 않았다. 왜? 남편이 준비한다고 그랬으니까. 사람들이 전주 여행 정보를 줬지만, 흘려들었다. 왜? 이번 여행은 남편 몫이니까. 아니나 다를까, 도착해서 점심을 먹고 났더니 남편은 아프기 시작했다. 부랴부랴 숙소에 들어가서 열이 나고 식은땀이 흐르는 남편을 간호했다. 그때 알았다. 여행 준비 같은 건 함부로 부탁하면 안 된다는 걸. 그건 그냥 내가 해야 하는 일이라는 걸. 그게 나의 운명이라는 걸.

프랑스를 여행할 때의 일이었다. 작은 민박집에서 나와 그다음 도시로 가는 기차 안에서 열쇠를 발견했다. 민박집 아저씨에게 반납해야 하는 방 열쇠가 내 바지 안에 들어 있었던 것이다. 아침에 민박집 아저씨가 한 이야기가 생각났다. "오늘 오후엔 이탈리아 커플이 오기로 했어. 열쇠가 하나밖에 없으니까 잘 돌려줘야 해." 그렇게까지 말했는데 내가 열쇠를 가져와버린 것이었다. 우편으로 부칠 수도 없고, 모른 척 돌아설 수도 없고. 방법은 하나였다. 내가 직접 다시 갖다 주는 것. 다음 도시에 도착하자마자 다시 돌아가는 기차표를 샀다. 남편이 말했다. "나도 같이 갈게." 내가 단호하게 말했다. "그럼 기차 값이 두 배잖아. 역에서 기다려." 돌아왔더니 남편은 기차역 안, 헤어졌던 바로 그 자리에 그대로 앉아서 책을 읽고 있었다. 그게 우리다. 결국 그렇게 되어버렸다. 여행지에서는 철저한 가모장제. 모든 건 내 뜻대로. 모든 건 내 주도하에. 문제가 생겨도 내가 해결. 그리고 그 가모장제를 누구보다 좋아하는 건, 남편이다.

스스로 말한 것처럼 남편은 잘 따라다녔다. 어딜 가든 싫다는 내색 한 번 한 적 없이 충실하게 따라다녔다. 오히려 나보다 더 좋아할 때가 많았다. 맛있는 걸 먹으면 같이 맛있다고 말하는 사람이 있으니 좋았다. 혼자였을 때 차마 들어가지 못했던 식당 앞을 지날 때였다. "예전에 혼자 여행 왔을 때, 저기를 그렇게 들어가보고 싶었어. 근데 이상하게 저기는 못 들어가겠더라고." 그 이야기에 남편은 "그럼 지금 가자"라고 말했다. 대단치도 않은 맛이었지만, 왜 그땐 혼자 여길 못 들어왔을까 의아했지만, 오래 묵었던 억울함이 풀려나가는 기분이었다.

좋은 걸 보고 흥분할 때, 옆에서 같이 좋아해주는 사람이 있으니 좋았다. 미술관에서는 서로가 발견한 것들을 나누며, 각자가 알고 있는 것들을 합쳤다. 혼자 여행할 땐 '아, 이걸 그가 보면 정말 좋아했을 텐데……' 수없이 생각했는데, 같이 여행하니 그런 생각 자체가 사라졌다. 그냥 지금 같이 보며, 같이 좋아하면 된다는 건 참으로 간단한 행복 공식이었다.

무엇보다 좋았던 것은 우리가 한국어를 사용한다는 사실이었다. 우리가 무슨 말을 하더라도 알아듣는 사람은 아무도 없다는 게 이토록 자유로운 일일 줄 몰랐다. 우리는 누구의 눈치도 보지 않고 어설픈 지식을 서로의 다정한 호칭을 불렀다. 누구의 눈치도 보지 않고 서로에게 늘어놓았다. "우리가 영어를 썼으면 어쩔 뻔했어. 도대체 비밀 이야기가 없었을 거 아니야. 프랑스어도, 이탈리아어도 어쨌거나 알파벳 언어는 안전하지가 않아." 여행지에서 한국어는 비밀스러운 암호가 되었다. 그 사실이 우리는 너무 좋았다.

낯선 곳에 밤 늦게 도착해서 너무 당황하지 않은 것도 익숙한 사람이 옆에 있어서였다. 낯선 숙소를 순식간에 익숙한 장소로 만들어 준 것도 익숙한 사람 덕분이었다. 남편은 언제나, 내가 정한 숙소를 최고라 생각하고 있었다. 언제나, 내가 정한 여행지가 결정적이라 생각하고 있었다. 나의 여행 호흡이 최적의 호흡이라 생각하고 있었다. 그렇다. 어느 순간 나는, 내 여행의 가장 충실한 지지자를 얻게 된 것이다.

가장 최근 여행에서의 일이었다. 나는 이탈리아 토스카나의 작은 마을, 피엔짜에 가고 싶었다. 우연히 본 사진 한 장에 완전히 반해버렸기 때문이다. 한국에서부터 세심하게 준비했다. 외국 사이트들을 뒤져서 버스 시간을 출력했다. 시골로 들어가는 버스들은 주말이면 없어지기 일쑤니까, 평일로 일정을 짰다. 하지만? 버스가 한 대도 없었다. 버스터미널에 버스가 한 대도 없다니. 이탈리아 국경일이라는 답을 들었다. 동방박사가 온 날이래나 뭐래나. 며칠 전에 예수님이 태어났다고 다 쉬었으면서, 온 동네가 난리였으면서 왜 또. 니네들이 왜 또 쉬는 건데, 라고 소리를 지르고 싶었지만 그렇다고 없던 버스가 올 리 없었다. 사방팔방으로 뛰어다녔다. 혹시 다른 곳에 버스가 있나 해서. 남편의 증언에 따르면, 어느 순간 고개를 돌리니 내가 저 멀리 언덕 위를 달리고 있었다고 한다. 거기에 버스터미널이 또 있다는 누군가의 말을 듣고 나는 그리로 달린 것이었다. 하지만? 없었다. 아무도, 없었다. 대신 버스 시간표가 바람에 휘날리고 있었다. 확인해보니 10분 후면 버스가 온다는 스케줄이 적혀 있었다. 기다려보기로 했다. 그거 말고는 할 수 있는 일이 없어서.

기다렸다. 10분, 20분, 30분. 정말 못 가는 건가, 예약한 호텔은 날리는 건가, 낯선 땅에서 미아가 되는 건가, 별의별 생각 때문에 식은땀이 막 나는데 남편이 웃으며 말했다.

"그냥 여기에 더 머무를까?"

"거기 호텔도 다 예약해놨어. 환불도 안 되는 거야. 그 조건으로 싸게 예약했거든."

"며칠이나 예약해놓은 거야?"

"이틀."

"그럼 가야겠네. 택시라도 탈까?"

"한 시간이나 걸리는데 택시를 탄다고?"

"물어나 보는 거지."

에라 모르겠다 싶어 택시를 물어봤더니, 10만 원 정도의 가격이었다. 어차피 거길 안 가도 숙박비로 10만 원 이상 날리는 거였다. 택시비로 10만 원을 날리나, 숙박비로 10만 원을 날리나 똑같다 싶어 택시로 출발했다. 그제야 마음이 편해졌다. 그제야 남편이 눈에 들어왔다. 남편이 뭔가, 바뀌었다. 신혼여행에서 비행기를 놓쳤을 때 남편은 저기압이 되었다. 몇 번의 사건을 겪으면서 남편이 그때마다 소소하게 저기압 상태로 돌입하는 걸 보았다. 그런데 그날은 달랐다. 웃었다. 남편이. 아님 말고의 태도로 나를 달랬다. 남편이. 나의 무능한 여행 짝꿍이.

"화 안 나?"

"왜 화가 나?"

"버스를 놓쳤잖아."

"버스가 없었는데 뭘."

"그래도 표정도 안 굳었어."

"생각해보니까, 당신이 다 차려놓은 여행에 내가 무임승차한 거잖아. 그러면서 거기서 생기는 변수에 화를 내는 건, 사람이 염치가 없는 거지. 나도 내가 할 수 있는 일을 해야지. 그리고 뭐, 버스 없는 게 무슨 별일이라고. 화가 왜 나."

함께한 7년의 여행이 준 선물 같았다. 아니, 명백한 선물이었다. 여행에서의 남편이 바뀌고 있었다. 그러고 보니, 아까 내가 한참 버스를 찾으러 뛰어다닐 때 남편도 주변 사람들에게 물어보고 있었다. 그 전에는 얌전히 나를 기다리던 사람이, 자기도 방법을 찾으려 하고 있었다.

그뿐만이 아니었다. 어느새 남편은 다음 여행을 말하는 사람이 되어 있었다. 예전에 다녀온 곳을 이야기하면서 또 가고 싶다고 줄기차게 말하는 사람, 아무것도 없는 작은 도시를 나보다 더 좋아하는 사람이 되어 있었다. 그리고 심지어, 변수 앞에서 나를 안심시키는 사람이 되어버린 것이다. 남편이. 나의 무능한 여행 짝꿍이. 더 이상은 결코 무능하다 말할 수 없는 여행 짝꿍이 된 것이다.

여행의 경험이 많은 내가, 여행의 경험이 전무한 남편을 바꿔놓을 수 있다고 생각했다. 그게 처음 나의 오만한 생각이었다. 7년 동안 같이 여행을 다녀본 결과 남편도 나를 바꾸고 있다. 내가 내 욕심에 지쳐 방황을 할 때, 아무것도 안 해도 된다고 남편이 알려주었다. 와. 그건 한 번도 생각 못한 건데. 아무것도 안 해도 된다니. 거길 안 가도 된다니. 여기까지 와서 그래도 된다니. 새로운 여행의 문이 열린 건 그때였다.

"저기가 유명하대"라고 말했더니 남편은 "누가 그래?"라고 물었다. "블로그에서 봤어"라고 대답했더니 남편은 "그 사람이 이 도시의 모든 식당을 다 가보고 말하는 것도 아니잖아. 난 남들이 어딜 가는지, 뭘 먹는지에는 관심 없어"라고 대답했다. 그 순간 새로운 여행의 문은 또 열렸다. 어떤 여행 정보도 없는 남편에겐, 아무것도 중요한 것이 없는 것이다. 목적지는 언제든지 변경가능한 것이다. 순간순간의 우리만 중요한 것이다. 그렇게 남편은 우리의 여행을 바꾸고 있었다. 서로가 서로의 여행을 바꾸고 있었다.

나에겐 무능한 여행 짝꿍이 있다. 무능해서 가장 유능한 짝꿍이 있다. 외로움이란 짝꿍도 좋았지만 나는 지금 이 짝꿍이 정말로 좋다.

The looking
glass
Atelier de peintre
0621815384

Vence, France

Paris, France

오래 기다려

천천히 먹는다.

서로 이야기하고 웃는다.

목구멍으로 넘어가는 것은

맛있는 시간이다.

문득, 이렇게 살아야겠다 생각한다.

천천히.

음미하며.

같이.

여행이 아니더라도

순간순간을

천천히.

음미하며.

같이.

여행이 내게

일상의 리듬을 가르친다.

모든
요일의
여행 :
13

Paris, France

사랑도 한 가지가 아니고
사람도 한 가지가 아니고

그러니
사람이 한 도시와 사랑에 빠지는 방식도
각기 다를 수밖에 없는 것이다.

"근데 당신은 왜 이 도시가 좋아?"
라는 남편의 질문에 선뜻 대답이 나오진 않았다.
이 도시의 입꼬리가,
발목의 점이,
목덜미의 냄새가 좋다는 대답을 하려다

관뒀다.

그 모든 사랑에 대해 굳이
말로 설명할 필요는 없겠지.

아직 물러가지 않은 어둠과 이제 막 당도한 빛이 어우러지는 풍경 앞에서 나는 어느 순간 소리 지르는 것도 멈췄다. 이 자연 앞에서는 경건해야 했다.

달라진 나를
만나는 여행

자다가 눈을 떴다. 환했다. 벌써 해가 뜬 것 같았다. 에이, 망했네. 해 뜨는 거 보고 싶었는데. 얼마나 떴나 보기나 하자 싶어 창문을 열었는데 해는 이제 막 지평선에 실금을 그리기 시작한 상태였다. 그런데 뭔가 심상치 않았다. 뭔가 대단한 일이 일어날 찰나라는 것을 직감했다. 안경을 꼈다. 잠옷 위에 코트를 입었다. 맨발로 운동화를 신었다. 자고 있는 남편을 깨웠더니, 자기는 더 자겠다며 나에게 자기 카메라를 건네줬다. 오른쪽엔 필름 카메라, 왼쪽엔 디지털 카메라, 주머니엔 핸드폰. 총 세 개의 카메라를 장전하고 나는 밖으로 뛰어나갔다.

택시를 타고 도착한 피엔짜. 호텔 바로 옆 골목으로 이십 미터만 뛰어나가면 토스카나가 넘실거리고 있었다. 내가 얼마나 놀라운 곳의 심장에 들어와 있는 건지 알려주는 풍경이 호텔 바로 옆 골목 끝에 있었던 것이다. 지체 없이 카메라를 꺼내들었다. 사진 한 장 찍을 때마다 소리를 지르며 발을 동동 굴렀다. "어떡해. 어떡해. 이게 뭐야." 진짜로 소리를 막 질렀다. 연예인 극성팬처럼. 누가 봤다면 미친 동양 여자가 마을에 나타났구만, 이라고 말했을 것이다. 씻지도 않고, 머리는 산발인 채로 카메라를 들었다가 휴대폰을 꺼내서 사진을 찍었다가 또 다른 커다란 카메라를 꺼내서 찍었다가 그러다가 막 이상한 언어로 소리를 지르고 있는 사람이 바로 나였으니까.

그럴 수밖에 없는 풍경이었다. 올리브 나뭇잎들이 바스락바스락 부딪히며 소리를 내고 있었고, 그 바로 옆으로 짙은 푸른색의 사이프러스 나무들이 보디가드처럼 일렬로 서서 풍경을 비호하고 있었다. 해는 뜰락 말락 망설이고 있었고, 땅에 가라앉은 안개들도 물러갈까 말까 망설이고 있었다. 덕분에 풍경은 더 다채로워졌다. 어떤 땅은 붉은색, 어떤 땅은 부드러운 갈색, 어떤 땅은 초록색, 거기에 안개가 더해진 부분은 또 완전히 다른 색. 제각기 다른 색들이 마치 유명한 화가가 고심해서 칠해놓은 것처럼 어울리고 있었다. 새들은 하늘을 대각선으로 가로지르고 있었고, 저 멀리 노루가 뛰어가는 것처럼 차 한 대가 꼬물꼬물 달려가고 있었다. 시선을 좀 더 멀리 두면 벌써 해가 닿은 건너편 마을이 보였고, 좀 더 가까이 두면 아직 아침이 오지 않은 언덕 위 집 한 채가 보였다. 그리고 그 모든 풍경 한가운데에 내가 있었다. 자연에 이토록 열광할 것이라고는 상상조차 해본 적 없는 내가. 해의 높이에 따라 조금씩 변하는 풍경에 미치도록 날뛰고 있는 내가 있었다.

마침내, 올리브 나무 사이로 해가 비치기 시작했다. 그리고 풍경은 또 완전히 달라지기 시작했다. 올리브 나무는 언제나 회색빛 초록색이라 생각했는데, 그날 아침의 올리브 나무는 당장이라도 금색 열매를 떨어트릴 것 같은 모습이었다. 안개가 서서히 걷히기 시작하면서 들판은 황금색을 잔뜩 머금은 색이 되었다. 건너편 마을은 해를 정면으로 받아 또 하나의 태양처럼 빛났다. 그 사이사이로 어둠들이 미적거리고 있었다. 아직 물러가지 않은 어둠과 이제 막 당도한 빛이 어우러지는 풍경 앞에서 나는 어느 순간 소리 지르는 것도 멈췄다. 그런 자연을 바라보며 경박하게 소리를 지를 수는 없었다. 이 자연 앞에서는 경건해야 했다. 경건하고 싶었다.

놀라운 일이었다. 이십 대 초반, 처음 스위스의 풍경을 보며 "뭐야, 이건 달력이랑 똑같잖아"라며 심드렁했던 나였다. 푸르른 산도, 산꼭대기 만년설도, 진짜 딸랑딸랑 소리를 내며 걸어가는 소도, 그 옆에 쨍한 소리를 내며 흘러가는 계곡물도, 그림처럼 걸려 있는 집들도 나에겐 너무 뻔하게만 느껴졌다. 이탈리아에서는 쓰레기통에 그려진 그림에까지 시선을 주던 내가, 스위스의 이름 모를 꽃은 지나치고 있었다. 이탈리아에서는 골목골목 안 궁금한 게 없어서 내내 분주했던 내가, 스위스에서는 따분했다. 어서 떠나고 싶다고만 생각했다.

그 여행 이후에 나는 내가 늘 자연에 둔감한 사람이라 생각했다. 자연에 감동하는 부류의 사람은 아니라고 생각했다. 나에게 감동을 주는 것은 모조리 인간의 산물이었으니까. 미술관을 좋아했고, 오래된 벽을 좋아했고, 사람이 만든 것들을 좋아했고, 사람의 손길이 닿은 것들을 좋아했으니까. 하지만 지금, 놀라운 자연 앞에서 나는 경건해지려 하고 있었다. 나도 모르게 조용히 숨을 들이마시고 아주 천천히 내쉬고 있었다. 사람은 변한다는 그 당연한 사실을 깨닫고 있었다.

그 아침, 숙소에 들어와 신발을 벗는데, 뒤꿈치가 다 까져서 피가 나고 있었다. 그것도 몰랐다. 아름다움에 취해, 자연에 놀라, 햇빛의 움직임에, 올리브 나뭇잎의 반짝거림에 골몰하느라, 소리 지르며 감동하느라 뒤꿈치에 피가 나는 것도 모르는 내가 있었다. 그리고 그런 나를 처음 만난 아침이 있었다. 하지만 나를 가장 절망하게 하는 것은 피 나는 뒤꿈치가 아니라 나의 문장이다. 지금 이 글은 그 아침의 아름다움 근처에도 가닿지 못하고 있기 때문이다. 아무리 노력해도 나는 실패하고 말았다. 나의 언어는 이토록 빈약하기에 결국 사진을 내밀어본다. 피가 나도록 뛰어다녔지만 이 사진들 역시 그 아름다움의 근처에도 가닿지 못하고 있지만.

Pienza, Italy

Pienza, Italy

모든
요일의
여행 :
14

Beaune, France

할아버지는 나무를 깎고 있었다.
무턱대고 카메라를 들이대다가
문득, 멈췄다.
칼을 들고 나무를 다듬는 할아버지가
내 카메라 소리에 놀라 다칠 수도 있으니
우선, 기다렸다.

한참 후, 할아버지가 고개를 든다.
눈이 마주친다. 미소가 번진다.
나는 카메라를 들었다. 찍어도 좋겠냐고.
할아버지가 손을 들었다. 들어오라고.
할아버지의 온화한 기운과 나무의 온화한 기운이
온 공방을 감싸는데 미묘하게 감동적이다.
군더더기 없는 선부터 매끄러운 표면까지 미묘하게.
할아버지의 작품은 꼭 할아버지를 닮았다.

할아버지는 말한다.
오전에는 포도밭에서 일해.
농장이 얼마만 하냐면 팔만 헥타르야. 매우매우매우 커.
그리고 오후에는 나무를 깎아. 취미야.

이게 취미라고?
놀라는 우리를 뒤로하고
할아버지는 천천히 작업대로 돌아간다.

공방에 흘러나오는 브람스 교향곡에 맞춰
휘파람을 불며 다시 나무를 깎는다.

공방 한편에 삼십 대의 할아버지 사진이 걸려 있다.
그때의 청년도 나무를 깎는 중이었다.
그때의 청년도 오전엔 포도밭에서 일했겠지.

이건 또 어떤 삶인가,
머리가 복잡해졌다.
이것이 진짜 사는 게 아닌가,
마음이 움직였다.
이 삶이 작품이 아닌가,
할아버지를 다시 봤다.

그때 남편이 말한다.
"이것 봐. 할아버지 간판이야."

Beaune, France

모든
요일의
여행 :
15

Chiang Mai, Thailand

때로는 여행을 떠나와
누군가의 일상이
묵묵히 이어지고 있다는 것을
목격하는 것만으로도
묵직한 위로가 될 때가 있다.

그럼에도 불구하고,
삶은 계속된다.
그럼에도 불구하고,
우리는 기어이 살아야 한다.

망설이는 건 너의 잘못이 아니라고. 더듬거리는 건 당연한 거라고.
거기에 기죽을 필요는 없다고.

대학로 그 밤의 여행

매일 가로수길로 출근한다. 1년을 못 채우고 그만둔 첫 회사도 가로수길이었으니, 도합 13년을 매일 가로수길로 출근하는 중이다. 강남이 내게 편안한 적은 한 번도 없었지만, 가로수길만은 예외다. 그냥 여기는, 회사다. 매일 새로운 건물이 올라서고, 새로운 매장이 오픈을 하고, 별의별 이벤트들이 피어났다 시든다. 하루는 잘생긴 남자들이 풍선을 나눠주고, 하루는 날씬한 여자들이 사탕을 나눠주고, 또 그다음 날은 난데없는 장미꽃이다. 어떤 난리가 일어나도 마음은 동하지 않는다. 여기는 회사인 것이다. 사람들이 줄을

서 있는 빵집 앞을 지나면서도 심드렁하다. "여기가 요즘 유행이래" 라는 말에 의아한 표정을 지으면서 익숙한 밥집으로 스며든다. 정작 매일 가로수길로 출근하는 우리는 가로수길에 무관심하다. 당연한 결과일지도 모르지만.

출근길에 제일 자주 마주치는 사람들은 외국인 관광객이다. 실은 출근길뿐만이 아니라 점심시간 퇴근시간 그러니까 매 순간 가로수길은 외국인 관광객으로 터져나갈 지경이다. 별다른 풍경도 아니다. 하지만 유독 출근길에 마주치는 외국인 관광객들을 보면, 거기에 내 모습이 겹쳐진다. 아직 어떤 가게도 문을 열지 않은 가로수길. 뭐가 있는지는 모르겠지만 유명하다는 길. 뭔가를 기대하고 왔다가는 아무것도 없어, 정말 아무것도 아닌 시간을 보내기 십상인 길. 할 수 있는 건 방황밖에 없어서 돌아가서는 "가로수길에 나도 가봤어" 라는 말 말고는 아무 말도 할 수 없는 길. 그런 길 위에 서 있었던 내가 자꾸 겹쳐진다.

대학교 시험을 보러 서울에 올라왔을 때의 일이다. 시험이 끝났고, 그냥 내려가긴 아깝고, 나는 동생과 같이 대학로에 갔다. 서울에 왔으니까 대학로 정도는 가줘야 할 것 같았다. 대구의 고등학생이었던 나는 순진하게도 대학생들은 전부 거기서 노는 줄 알았다. 오죽하면 이름이 '대학로'일까 싶었다. 해가 저문 대학로에 도착해서, 나는 자꾸 쪼그라들었다. 어디 가야 할지도 몰랐고, 뭘 해야 하는지도 몰랐다. 유명하다는데, 뭐가 유명한지를 알 수 없었다. 번쩍번쩍거리는 네온사인들 아래를 그냥 걸어 다녔다. "아무것도 없네"라고 호기롭게 말해버렸지만, 나는 당황하고 있었다. 동생도 옆에 있는데 누나인 내가 뭐라도 해야 하지 않을까. 뭘 사기라도 하자 싶어 길거리 매대에 섰다. 뭘 팔고 있었던 걸까. 기억나지 않는다. 뭘 샀던 것 같은데 남은 기억이 없다. 다만 기억나는 건 서울말을 쓰려고 했지만 영락없는 대구 사투리를 쓰고 있었다는 것. 그래서 동생이 그 이후로도 아주 오랫동안 그 어색한 말투를 흉내 내며 나를 놀렸다는 것. 그 정도만 생각난다. 하지만 대구에 돌아와 친구들에게는 이렇게 말했다. "나 이번에 대학로 가봤잖아. 진짜 별거 없데." 뒷골목으로 들어가볼 걸, 커피 한 잔이라도 마셔볼 걸, 그러니까 뭐라도 해볼 걸, 이라는 생각은 나중에 겨우 떠올랐다. 아주 오랜 시간이 지난 후에.

유명하다니까, 꼭 가야 한다니까, 뭐가 있을 것 같으니까, 바쁜 여행 중에 시간을 쪼개서 도착하는 곳들은 늘 우리에게 등 돌리는 기분이다. 너무 일찍 왔다며 문 닫고, 너무 늦게 왔다며 불 끄고, 사람이 많다며 눈도 안 마주쳐주고, 방황하는 나에게 관심조차 없는 유명한 곳들. 줄이 길어 내가 언제 들어갈 수는 있을까 조바심 나는 곳들. 이제 막 설레기 시작한 마음에 찬물을 끼얹는 곳들. 어디를 여행하더라도 꼭 한 번은 대학로의 그 밤에 도착하게 된다. 어김없이. 작아진 마음으로. 흔들리는 눈빛으로.

할 수만 있다면 그날 대학로의 나에게 말해주고 싶다. 망설이는 건 너의 잘못이 아니라고. 더듬거리는 건 당연한 거라고. 거기에 기죽을 필요는 없다고. 그리고 어쩌면 네가 원하는 대단한 것은 거기에 없을지도 모른다고. 유명한 이름을 너무 크게 생각하지 말라고. “나 거기 가봤어”라는 말만큼 공허한 말은 없다고. 그러니 길을 건너 골목으로 들어가보라고. 깊숙이, 더 깊숙이, 이름이 사라질 때까지. 누군가가 갑자기 뛰어나와 너를 환영해줄지도 모른다고. 상상하지도 못한 미소는 거기에서 너를 기다리고 있을지도 모른다고. 진짜 여행은 그곳에 있다고.

Bonnieux, France

모든
요일의
여행 :
16

Paris, France

'모든 것을 처음이자 마지막인 것처럼
오랫동안 머뭇거리며 바라보'[1]는 것

비행기 안에서 나는
한참이나 이 구절을 곱씹었다.

---

1. 니코스 카잔차키스, 《스페인 기행》, 열린책들, 2008

머뭇거리지 않기 위해 애썼던
수많은 여행들을 떠올렸다.
도착하기도 전에 이미 다 알아버렸던
수많은 유적지를 떠올렸다.
눈먼 채로 돌아다녔던
수많은 도시들을 떠올렸다.
이제 막 도착했으면서
다 안다는 듯 굴었던 나를 떠올렸다.

처음 만나는 시간이었다.
처음 만나는 공간이었다.

더 머뭇거려야 했다.
더 아마추어가 되어야 했다.
더 오래 바라봐야 했다.

내가 되고 싶은 건
익숙한 관광객이 아니었으니까.
모든 게 처음인 여행자였으니까.

그 모든 젊음엔 박수가 필요하니까.
그 모든 용기엔 팬이 필요하니까.

청춘에 답장을 보내는 여행

누가 CD를 크게 틀어놓은 줄 알았다. 온 집이 울리도록 크게. 그 소리가 골목까지 흘러나온 건 줄 알았다. 두리번거리며 음악을 따라가니 한 여자가 버스킹을 하고 있었다. 공원으로 들어가는 길목이었다. 사람들이 들어갈 때마다 수줍어했고, 카메라를 들이대니 실수를 연발했다. 저토록 매력적인 목소리를 가진 연주가라니. 그런데 저토록 부끄러움이 많다니. 우리는 한참이나 머무르다 돌아섰다. 돌아설 수밖에 없었다. 우리가 그녀 연주 앞에 멈춰선 후, 그녀의 연주가 꼬이고 있었다. 명백히 우리가 방해가 되고 있었다.

Uzes, France

그녀를 다시 만난 건 버스 안이었다. 아무도 없는 시골 버스 안. 그녀가 먼저 우리를 아는 체했고, 우리는 기다렸다는 듯이 칭찬을 했다. 그녀는 좋아서 어쩔 줄 몰랐고, 부끄러워서 어쩔 줄 몰랐다. 알고 보니 독일 시골에서 왔단다. 독일과 프랑스는 서울과 부산처럼 가깝다고 생각했는데 자기는 너무 시골에 살아서 여기까지 오는 데 열여섯 시간이 걸렸다고 말했다. 언제 다시 올 수 있을 줄 모른다며 그녀는 꽤 많은 곳들을 돌아다니고 있었다. 마치 처음 유럽여행을 떠난 한국 대학생처럼. "실은 오늘 처음으로 용기를 낸 거예요. 독일에서 이 무거운 기타를 여기까지 들고 왔는데 그대로 돌아갈 수는 없어서요. 일부러 가장 작은 도시, 가장 외진 길에 자리를 잡고 겨우 몇 곡 불렀는데 그때 저를 보신 거예요. 어느 순간 눈치를 챘죠. 제 동영상까지 찍고 있다는 걸요. 그 순간 너무 긴장이 되어서 계속해서 실수를 했고요. 음악은 좋은데, 사람들 앞에서 노래할 자신이 없어요. 그만둬야 할지도 모르겠어요."

그런 그녀에게 우리가 말했다. 진심을 다해서 말했다. 방금 전 녹음한 너의 노래를 우리는 벌써 몇 번이나 들었다고. 커피를 마실 때도 들었고, 맥주를 마시면서도 들었다고. 어떻게 그렇게 놀라운 목소리를 가지고 있냐고. 우리는 CD를 틀어놓은 건 줄 알고, CD 소리를 따라서 갔는데 네가 노래를 부르고 있었다고. 그게 이 작은 도시에서 만난 가장 큰 행운이었다고. 절대로 그만둬서는 안 된다고.

정말로 놀라운 재능을 가지고 있다고.

우리 이야기에 빨갛게 상기되는 그녀의 얼굴을 보며 나는 놀랐다. 정말로 자기가 가진 보석을 모르는 표정이었다. 이십 대의 우리 모두가 가지고 있던 표정. 작은 칭찬에도 화들짝 놀라고, 세상 그 무엇보다 자신에 대한 확신이 가장 모자란 표정. 내게 그런 재능이 있을 리가 없다는 표정. 보석을 가득 안고도 어찌해야 할지 모르던 표정. 그런 표정을 그녀가 짓고 있었다. 태어나서 처음 칭찬을 들어보는 아이처럼. 그녀는 이미 충분했는데, 그 사실을 그녀만 모르고 있었다.

그녀는 빨갛게 변한 얼굴로 주섬주섬 노트를 꺼내더니 자기 메일 주소를 적어주었다. 한국에 돌아가면 자기에게 사진을 보내달라고. 혹 가능하면 동영상도 보내달라고. 아마도 자기에게 큰 용기가 될 거라고.

타고난 게으름을 다 물리치고, 나는 진짜로 그녀에게 사진을 보내주었다. 그리고, 한국에 너의 첫 번째 팬들이 있다고 알려주었다.

그 모든 젊음엔 박수가 필요하니까.

그 모든 용기엔 팬이 필요하니까.

Tokyo, Japan

모든
요일의
여행 :
17

Arles, France

기차 옆 자리에 앉은 노부부와 우연히 대화를 시작했다가
그들의 목적지가 나와 같다는 것을 알게 되었다.
대화는 촘촘히 이어졌고, 몇 분이 지나지 않아
나는 그들이 캐나다 사람이라는 사실과
은퇴 후 긴 여행을 떠나온 사람이라는 사실과
캐나다에서 뉴욕까지 여행을 한 후에
그곳에서 일주일 동안 크루즈를 타고
유럽에 건너왔다는 사실까지 알게 되었다.

“나중에 우리처럼 늙게 되면, 그래서 시간이 아주아주 많아지면,
꼭 그 크루즈를 타보도록 해. 비싸지도 않아. 우리도 3등석을 샀어.
그래도 1등석 사람들과 똑같은 식당에서 밥을 먹고
똑같은 마사지를 받고, 똑같은 풀장에서 수영을 할 수 있어.”

그들은 시간이 많아 시간에 휘둘리지 않았다.
한 곳에 일주일 이상 머무르며 천천히 움직였다.
6개월의 여행이라고는 믿을 수 없는 작은 가방을 들고.
“우리는 늙어서 빨리 못 움직여. 그러니까 천천히 여행하는 거야.
가방도 마찬가지야. 늙어서 무거운 걸 많이 들 수가 없어.
오래 여행하려면 가벼워져야 해.”

그날 밤, 나는 여행 가방을 뒤져서 엽서 한 장을 꺼냈다.
그들처럼 늙고 싶다고. 그렇게 오래오래 사랑하는 사람과 여행하고 싶다고.
나의 꿈이 되어주어서 고맙다고. 끝까지 무사한 여행이 되길 빈다고 썼다.

다음 날, 그 엽서 한 장이 노부부를 울려버렸다.
새빨개진 눈으로 눈물을 닦으며 그들은 엽서를 가방에 넣었다.
“너를 보면, 너의 남자친구도 틀림없이 좋은 사람일 거야.
나중에 꼭 우리처럼 오래오래 여행을 떠날 수 있을 거야.
아마도 정말로 좋은 여행이 될 거야. 네가 좋은 사람이니까.”

나에겐 평생 기억하고 싶은 칭찬이 있다.
평생을 노력해 현실로 만들고 싶은 꿈이 있다.

나의 눈을 가려버리고, 나의 마음을 닫게 만드는 바로 그 선입견.
그것만 내려놓아도 여행 가방은 가벼워질 것이다.

선입견을 내려놓고 떠나는 여행

스위스에서 출발한 야간열차는 새벽 여섯 시가 되지 않아 파리에 도착했다. 내 옆은 미국인 청년, 내 앞은 미국인 부부. 지난 밤 우리는 의례적인 인사를 주고받은 후에 잠들었다. 새벽, 전혀 알아들을 수 없는 말이 방송으로 나오는 순간, 우리는 모두 자세를 고쳐 앉았다. 삐죽한 머리를 손으로 쓰다듬었다. 흐트러진 옷매무새를 가다듬었다. 아무 말 없이 스피커에 집중했다. 전혀 알아들을 수 없는 말은 계속해서 이어졌다. 우리는 침착했다. 드디어 프랑스 말이 끝나고 영어가 시작되었다. "Hello, ladies and gentlemen." 그리고 나의 영어 듣기 평가 시간은 참패로 끝났다. 아무 말도 알아들을 수가 없었다. 영어 듣기 평가는 누구보다 자신 있었는데, 어떻게 나는 인사말만 겨우 알아들은 걸까. 사태를 다 파악하기도 전에 앞자리의 미국인 아줌마가 나에게 물었다.

"지금 뭐라고 말한 거예요?"

"Hello, ladies and gentlemen까지만 알아들었어요."

나는 나의 영어 실력에 부끄러워하면서 대답했다. 하지만 놀라운 대답이 돌아왔다.

"나도 정확하게 거기까지만 알아들었어요. 하하하. 우리가 마침내 파리에 도착한 것이군요."

미국인들도 못 알아듣는 영어 앞에서 우리는 무사히 파리에 도착했다는 것을 알아챘다. 영어로 질문을 하면 불어로 대답한다는 나라. 영어로 대화를 시도하면 아예 대답을 안 한다는 나라. 불친절의 대명사. 개똥이 거리 곳곳에 널려 있다는 나라. 프랑스에 대한 선입견은 끝도 없었다. 스위스에서 밤새 달린 열차는 우리를 우리의 선입견에 데려다 놓은 것이었다.

어떤 도시든, 어떤 나라든 선입견은 우리 눈을 가려버린다. 나의 선입견대로 세상을 구성해본다면 이탈리아 사람은 밤낮없이 화를 내며 소리를 지르고 있고, 독일 사람들은 맥주를 너무 마셔 이미 배가 터져버렸고, 중국 사람들은 서로서로 사기를 치느라 정신이 없고, 터키 남자들은 작업 거느라 생활을 잊었고, 스페인에는 소매치기들만 살아가고 있다. 딱 지구 멸망에 어울리는 시나리오다. 내 선입견대로의 세상에 나는 살 생각이 없다. 그러면서 나는 주저 없이 여행 가방에 선입견부터 집어넣는다. 거긴 이렇대, 거긴 저렇대, 글쎄 거기 사람들은 이렇다니까.

하지만 이상한 일이었다. 개똥과 불친절로 가득해야만 하는 파리에서 나는 유난히도 친절한 사람만 많이 만났다. 버스 창밖을 내다보고 있는 내게 한 아저씨가 말을 걸었다.

"파리에 얼마나 머물러요?"

"2주 정도요."

"저 성당 가봤어요?"

"아니요. 저 성당이 뭐예요?"

"저기 안에 들라크루아 그림이 있어요. 그냥 지나치기 쉬운데 꼭 가봐요."

"오, 전혀 몰랐어요. 어제 루브르에서 들라크루아 그림 보고 완전 반했었는데. 꼭 가볼게요."

아저씨의 설명은 거기서 끝나지 않았다.

"저기 분수 보여요? 저기가 68혁명 때……."

"68혁명이요?"

"네, 그때 저는 대학생이었거든요. 그래서 저 분수 위에 올라가서…….”

무슨 관광버스를 탄 건 줄 알았다. 무심히 지나치는 풍경 하나하나에 아저씨는 계속 설명을 덧입히고 있었다. 파리 사람이, 불친절로 그토록 유명한 파리 사람이, 나에게 전에 없던 친절을 보여주고 있었다. 버스에서 내려 남편과 나는 말했다. “누가 파리 사람이 불친절하대?”

파리 사람들의 친절은 거기서 끝나지 않았다. 그날 오후, 남편과 나는 낯선 동네를 지나다가 사람들이 줄을 길게 선 식당을 발견했다. 숯불 위에 갖가지 꼬치를 구워내고 있는 식당이었다. 그 냄새에, 그 모습에 사람들은 홀린 듯 줄을 섰다. 우리도 마찬가지였다. 뭘 주문해서 먹지? 저 사람들이 먹고 있는 저 음식은 어떻지? 라고 우리끼리 수군거리고 있었다. 그때 테이블에 앉아 있던 한 무리의 사람들이 우리에게 말을 걸어왔다.

“어디서 왔어요?”

“한국에서요.”

“알제리 음식 먹어봤어요?”

“아니요. 한 번도. 그 수프는 맛이 어때요?”

“먹어봐요.”

“아, 아니에요.”

“방금 나왔고, 아직 숟가락도 안 댔어요. 먹어봐요. 그리고 입에 맞으면 시켜요."

그렇게 나는 생전 처음 보는 사람의 생전 처음 보는 수프를 맛봤다. 파리에서. 그 불친절한 사람들만 가득하다는 파리에서. 맛있었고, 따뜻했다. 나의 선입견과는 전혀 다른 맛이었다. 남편과 나는 다시 한 번 말했다. "누가 파리 사람이 불친절하대?"

분명 불친절한 사람이 있을 것이다. 파리에도. 서울에도 그렇듯이. 분명 두고두고 욕하고 싶은 사람이 있을 것이다. 방콕에도. 서울에도 그렇듯이. 분명 편견으로 가득 찬 눈빛으로 나를 째려보는 사람이 있을 것이다. 터키에도. 서울에도 그렇듯이. 하지만 분명 친절한 사람이 있을 것이다. 나를 도와주려는 마음이 있을 것이다. 그 도시와 사랑에 빠지도록 큐피드의 화살을 쏘아주는 사람이 있을 것이다. 두고두고 고마운 사람들이 있을 것이다. 내가 살고 있는 이 도시가 그러하듯이. 그러니 여행 가방에 결코 넣지 말아야 하는 것은 분명하다. 선입견. 나의 눈을 가려버리고, 나의 마음을 닫게 만드는 바로 그 선입견. 그것만 내려놓아도 여행 가방은 가벼워질 것이다.

어떤 희망은 의무다.

희망을 고집하는 여행

스리랑카에 출장을 가게 되었다. 광고에서 본 푸른빛 인도양 바다가 넘실대는 스리랑카가 아니라 내전의 상처가 가득한 스리랑카로. 왠지 카피라이터라면 뉴욕 어느 커피숍에 앉아 회의를 하며 카피를 쓸 수 있을 줄 알았는데, 내전 지역으로 가서 카피를 쓰라는 명령이 떨어졌다. 나의 첫 해외출장이었다.

얼떨결에 재능기부로 참여하게 된 캠페인 덕분이었다. 내전 피해 때문에 학교도 제대로 못 다녀 고생을 하고 있는 아이들에게 자전거를 보내주자는 캠페인이었다. 처음에 내용을 듣고 '웬 자전거?'

라고 생각했다. 영양실조 아이들을 돕자는 캠페인도 아니고, 식수를 주자는 캠페인도 아니고, 아프리카 아이들에게 모자를 만들어주자는 캠페인도 아니고, 자전거라니 생소했다. 하지만 조금의 설명만 들으면 알 수 있었다. 아이들에게 밥을 주는 건 '지금'을 살게 하는 것이지만, 아이들에게 자전거를 선물하는 건 '미래'를 선물하는 것이라는 걸. 가로등도 없는 길을 하루에 네 시간 넘게 걸어서라도 학교에 다니고 싶지만, 내전으로 부모님을 잃은 아이들에게는, 생계를 책임져야 하는 아이들에게는 그마저도 여의치 않았다. 생계에 대한 부담으로 학교를 포기해야만 하는 아이들. 그 아이들에게 자전거로 희망을 선물하자는 캠페인이었다. 두 팔 벌려 환영할 만한 내용이었다.

하지만 내전 지역이었다. 이름도 처음 듣는 시골이었다. 나는 걱정이 가득했다. 별일 없겠지? 혹시라도 무슨 일이 있으면 어떡하지? 나의 걱정을 알아챈 건지 스리랑카 쪽 담당자가 말했다. "걱정 안 하셔도 돼요. 지뢰만 조심하면 되거든요." 하하. 그런가요. 지뢰만 조심하면 되는 일이었다니. 간단한 일이었네요. 근데 지뢰는 도대체 어떻게 조심하는 건가요. 어떻게 생긴 건지도 모르는데. 하하.

떠나기도 전에 별명부터 얻었다. '국내 최초 종군 카피라이터.' 왠지 한 손에는 총을 들고 한 손엔 펜을 들고 떠나야 할 것만 같은 느낌이었다. 걱정거리는 사방에 가득했다. 스케줄까지 걱정이었다. 싱가포르까지 날아가 거기서 여덟 시간을 기다려 비행기를 갈아타고 스리랑카에 도착하면 새벽 두 시에 겨우 호텔에 체크인을 할 수 있었다. 체크아웃 시간은? 새벽 다섯 시. 딱 세 시간만 쉬고 다시 공군 헬기를 타고 근처 마을까지 가서, 다시 차를 타고 두 시간을 더 들어가야만 했다. 걱정은 당연해 보였다. 괜찮을까. 나는 괜찮을까. 우리는 괜찮을까. 이 촬영은 무사할까. 국립의료원에 가서 각종 주사를 맞고, 각종 약을 처방받았다. 이름도 모르는 병에 대비한 이름도 모르는 약들이었다. 출장 떠나기 전날, 각종 약들과 옷을 챙기며 이제는 걱정을 내려놓을 때라 생각했다. 걱정한다고 달라질 것도 없었다. 그제야 그들에게 뭘 가져갈 수 있을까, 라는 생각에 도착했다. 출장 전날에서야. 고민 끝에 문구점에 가서 풍선을 샀다. 여행작가 오소희 씨의 조언 덕분이었다. 부피는 작아도, 아이들의 기쁨은 클 거라는 말을 들었다.

우리는 무사히 스리랑카의 한 학교에 도착했다. 거기서 아이들을 만나보고 즉석에서 영상에 출연할 아이들을 뽑을 예정이었다. 별 생각 없이 학교에 들어섰는데, 아이들은 우리를 맞을 준비가 한창이었다. 선생님의 진두지휘 아래 아이들은 맨발로 걸어와 우리에게 꽃목걸이를 걸어주고, 꽃으로 가득한 우리들의 손에 또 꽃을 꼬옥 쥐어주었다. 조막만 한 아이들이, 꽃 같은 아이들이, 우리를 꽃으로 만들어주었다. 태어날 때부터 전쟁만 겪은 아이들이었다. 무엇이든 경계하는 법부터 배운 아이들이었다. 하지만 꽃목걸이를 하고 꽃다발을 쥔 우리들을 보며 아이들은 웃었다. 우리가 따라 웃으면 아이들은 더 크게 웃었다. 밥 먹는 우리를 구경하고, 자기들을 바라보는 우리를 다시 구경하고, 눈만 마주쳐도 숨넘어갈 듯이 웃었다. 우리는 비참하고 남루한 이들의 현실을 목도하고 뒤돌아서서는 한숨을 쉬었지만, 절대 아이들 앞에서는 내색하지 않았다. 아이들이 우리를 향해 웃고 있었기 때문이다. 우리도 웃었다. 그것 말고는 할 수 있는 일이 없었다. 우리는 무력했다.

그때 풍선이 생각났다. 가방을 뒤적여 풍선을 꺼냈는데 금세 난감해졌다. 이 정도면 충분할 것이라 생각하며 사왔지만, 풍선의 양이 턱없이 부족했던 것이다. 나는 왜 문구점에서 나의 큰 손을 뽐내지 않았을까. 넉넉한 것은 오직 가난밖에 없는 아이들에게 왜 풍선 하나 넉넉하게 주지 못할까. 나는 끝없이 나를 자책하며 아이들에게 풍선을 건넸다. 아이들은 풍선을 나눠 불었다. 풍선을 가진 애들도, 가지지 못한 애들도 깔깔거리며 웃었다. 그 황송한 웃음을 내게 계속 날려주었다. 고작 풍선 하나에.

다음 날, 촬영은 학교에서 꽤 떨어진 곳에서 진행되었다. 새벽부터 해는 떠버렸고, 더위는 사방에서 우리를 숨 막히게 했다. 최소 인원에 최소 장비로만 진행되는 촬영. 시간까지 최소여야 했다. 촬영이 길어질수록 촬영 비용이 늘어나기 때문이었다. 망설일 시간이 없었다. 거리낌 없이 촬영 감독님은 흙바닥에 엎드려버렸다. 그 땡볕에 모든 장비를 몸에 메고. 감독도 조감독도 PD도 땀과 흙에 엉망이 되어버렸다. 그 와중에 날파리는 계속 날아들었다. 하지만 누가 감히 힘들다는 내색을 하겠는가. 아이들이 우리를 믿고 있는데. 희망을 선물로 받을지도 모른다고 굳게 믿고 있는데 말이다.

하지만 나는 남몰래 회의적이었다. 티를 낼 수는 없었지만 자꾸 비관론이 내 맘속에 찾아들었다. 자전거 한 대가 과연 희망이 될 수 있을까. 비만 오면 무너져 내리는 '비닐봉지로 만든 집'에 사는 이 아이들에게 희망은 무엇인 걸까. 포탄이 머리를 스쳐지나가 숨구멍이 다 보이는 아이에게 자전거가 어떻게 희망이 될 수 있는 것일까. 절망이 가득한 이 땅에는 도대체 어떤 희망이 있는 걸까. 희망을 찾으려고 그토록 애를 쓰는 모두를 앞에 두고 나는 어쩌자고 이런 생각을 하는 걸까.

그때 내 눈에 풍선이 보였다. 분명 어제 내가 준 주황색 풍선과 하얀색 풍선이 동네 아이들의 손에 쥐어져 있었다. 학교에서 꽤 멀리 떨어진 마을에서 본 믿을 수 없는 풍경이었다. 학교에 가기엔 너무 어린 아이들의 손에도, 어제 나와 마주쳤을 것 같은 아이들의 손에도 그 풍선들이 쥐어져 있었다. 그리고 아이들은 그 풍선 하나로 웃고 있었다. 나는 그만, 모든 것이 미안해져버렸다.

겨우 그거여서 미안했고, 부족해서 미안했고, 겨우 몇 시간에 힘

Killinochchi, Sri Lanka

들다고 생각한 게 미안했다. 무엇보다 절망을 말할 자격도 없으면서 그들의 희망을 비관한 것이 미안했다. 도대체 무슨 자격으로 내가 그들의 희망을 비관한단 말인가. 저렇게 희망이 웃고 있는데. 고작 풍선 하나에 웃는데. 저 웃음을 어떻게 비관할 수 있는가. 나는 오래전 하워드 진의 책에서 읽은 가르침을 떠올렸다. 나에겐 절망할 권리가 없었다. 내가 해야 할 일은 단 하나였다. 희망을 고집하는 것. 전쟁에도 불구하고, 지뢰에도 불구하고, 비닐봉지 집에도 불구하고, 희망을 고집하는 것. 풍선 하나에, 꽃 한 송이에, 화알짝 웃으며, 아이들이 기어이 희망을 고집하고 있었기 때문에, 나는 희망을 고집한다. 끝끝내 꺾일지라도, 끝까지 나는, 희망을 고집한다. 어떤 희망은 의무다.

Killinochchi, Sri Lanka

Killinochchi, Sri Lanka

모든
요일의
여행 :
18

Chiang Mai, Thailand

당신에게 삶이란 무엇입니까.

만나는 모든 사람을 붙잡고 물어보고 싶었다.

당신은 이 삶이 괜찮은지.

나는 왜 이 삶이 이렇게나 지랄 맞게 느껴지는지.

정말로 우리들에게 삶은 무엇인지.

당신의 고달픈 삶을 다 감싸줄 만큼

내 품이 충분히 넓지 않고,

내 몸의 고달픔만을 해결하기에도

나는 충분히 힘들고,

당신의 이야기에 귀기울여주기에는

내가 너무 바쁘고,

내 이야기에 귀기울여주기에는

당신 삶이 너무 팍팍하고,

정말로 우리들에게 삶은 무엇인지.

평생을 새벽같이 공장에 나가

나사를 하나 돌릴 때마다 3원을 받고

오늘은 만 개 돌렸다는 걸 자랑하는 삶은 또 무엇인지.

아직도 끝나지 않은 아들의 말썽질 때문에

오늘도 조바심을 내는 당신에게 삶은 또 무엇인지.

이렇게 사는 건 사는 게 아니야, 라고 말하면서도

아침이면 또 일어나서 회사에 가고

눈앞에 밀어닥치는 일들을 해내기에도 바쁜 내게 삶은 무엇인지.

내 여행에서 가장 반짝이던 그 순간에

수많은 오리의 목을 따고 털을 뽑고 손질하던 당신에게 삶은 무엇인지.

당신의 그 지리한 일상을

나는 어쩌자고 그 여행에서 가장 반짝이는 순간으로 기억하는 것인지.

속내도 모르고 사진을 찍던 여행객에게

당신은 어쩌자고 그렇게 수줍은 미소를 지어주는 것인지.

아침마다 일어나서 수십 마리의 오리를 손질해야 하는,
그래야만 근근이 살아나갈 수 있는,
혹은 근근이 살기에도 힘든 돈을 받아들고
그 돈에 또 잠시나마 기뻐해야 할,
그마저 없다면 당장을 걱정해야 할,
당신에게 삶은 정말로 무엇인지.

정말로 이 삶은 살 만한 가치가 있는 것인지.
그렇다면 나는 당신의 지루한 일상은 뒤로하고
나의 반짝이던 그 순간만을 기억하고 살아야 하는 것인지.
그게 아니라면, 나는 어떻게 살아야 하는 것인지.

낯선 길 위에서 낯선 일상을 붙들고
끝없이 묻고 싶은 날이 있었다.

당신에게 삶이란 무엇입니까.

Hainan, China

완벽한 여행은 오직 남의 SNS에만 존재할 뿐이다.

주름살이 없는 여행

남의 여행은 남의 떡이다. 언제나 더 커 보이고, 언제나 윤기가 흐른다. 흠집은 좀처럼 찾아지지 않고, 부러운 행운만 넘쳐흐른다. 어쩜 그 여행의 풀밭은 그토록 푸르른지. 남의 여행을 직접 이야기로 듣는 시대를 지나, 이제 블로그에서, 각종 SNS에서 남의 여행을 보게 되면서 이 증상은 좀 더 심각해진다. 앞뒤 맥락 따위 존재할 수 없는 그 찰나의 사진 한 장을 보며 우리는 여행에 필연적으로 존재할 수밖에 없는 주름살을 제거해버린다. 저 여행은 모든 것이 풍족해. 저 여행은 커피 잔에 떨어지는 빛 하나까지 어쩜 저렇게 완벽할까. 저 사람은 내내 행복하기만 할 거야. 같이 간 사람이랑 싸우는 일도 없겠지. 돈이 왜 부족하겠어. 돈이 부족하다면 저런 걸 사지도 못하지. 여행은 왜 또 저렇게 자주 가. 시간도 넘쳐나나 봐. 명백히 세상은 엄친아들의 여행으로 넘쳐난다.

알고 있다. 나의 여행도 누군가에게는 그렇게 보일 것이란 사실을. 내가 나의 SNS를 보고 있어도 이토록 모든 조건을 다 갖춘 여행이 없어 보인다. SNS에서는 내가 방금 버스를 놓쳤다는 사실도, 어마어마하게 바보짓을 하고 있는 중이라는 것도, 엄청 비린 생선을 엄청 비싼 돈에 먹었다는 사실도 편집된다. 잘 재단된 사진과 함께 올라가니까 나조차도 내가 완벽한 여행을 하는 중이라고 착각을 하게 된다. 모든 조건을 다 갖춘 여행자라는 착각까지 하게 된다. 사진 밖의 나는, 현실의 나는, 언제나, 어김없이, 햇빛 알레르기와 싸우는 중인데 말이다.

햇빛 알레르기. 말 그대로 햇빛이 닿는 부분이 빨갛게 부어오르며 미치도록 가려운 증상. 증상은 갈수록 심해져서 이제는 1~2분만 햇빛에 노출이 되어도 부어오르고 미치도록 가렵다. 그리하여 대학교 때 첫 여행을 결심하고 가장 먼저 한 일은 병원에 가는 일이었다. 혹시라도 서울 의사는 이 병을 고칠 수 있는가 하고. 이렇게 저렇게 진찰한 의사는 나에게 말했다.

"햇빛 알레르기네요."

"네. (나도 알아 그건. 그러니까 병원에 왔잖아.)"

"햇빛 보시면 안 돼요."

"(그딴 대답 들으려고 내가 진료비를 내는 게 아니야.) 근데 제가 이번 여름에 여행을 가는데 어떡하죠?"

"햇빛 보시면 안 돼요."

저딴 걸 처방이라고 돈을 내고 나오며 나는 여름을 포기해버렸다. 동남아 리조트에 가서도 수영은 꿈도 못 꾼다. 긴팔 긴바지를 입고 그늘에 앉아 책이나 읽을 수밖에 없는 운명인 것이다. 여름 나라로 여행이라도 간다면 낮에 돌아다니는 건 꿈도 못 꾼다. 하루 종일 카페 같은 곳에 틀어박혀 있다가 해가 진 후에야 돌아다닐 수밖에 없다. 해변에 누워 선탠하는 사람들의 사진만 봐도 내 피부가 따끔따끔해지는데. 햇빛을 보기만 해도 온몸이 난사당하는 것 같은 기분인데. 햇빛 포탄이 땅 위로 떨어지고, 나는 그걸 피해 그늘로만 그늘로만 뛰어다니고, 그래서 누가 뒤에서 본다면 꼭 춤을 추는 것처럼 보일 텐데. 그렇게 조심하는데도 끝없이 피부는 간질간질한데. 어쩔 수 없었다. 그렇게 내게 '여름 휴가'라는 단어는 사라졌다. 여름엔 무조건 실내가 답이었다. 회사 혹은 집. 집 혹은 회사.

덕분에 나는 늘 겨울에 여행을 떠난다. 겨울에 여행을 가면, 당연히 날씨가 안 좋다. 당연히 짐이 늘어난다. 우산까지 매일 들고 다녀야 한다. 해는 일찍 진다. 당연히 여행 시간이 짧아진다. 크리스마

스나 새해까지 겹치면 도대체 문을 여는 가게가 없다. 너무 추운 날엔 오돌오돌 떨다가 자꾸 실내만 찾게 된다. 물론 겨울 여행이라고 단점만 있는 건 아니다. 겨울이라서 사람이 없다. 겨울이라서 어디든 줄이 짧다. 겨울이라서 숙박비도 싸다. 겨울이라서 사람들 인심이 좋다. 비수기라 어딜 가든 관광객보다 현지인들이 많다. 덕분에 이야깃거리도 더 많이 생긴다.

결국 겨울 여행을 좋아하게 되었다. 그러다 보니 햇빛 알레르기에 꼭 나쁜 점만 있는 건 아니라는 결론에까지 도착하게 되었다. 물론, 이 결론은 거짓이다. 햇빛 알레르기에 좋은 점이 뭐가 있단 말인가? 도대체 어떤 좋은 점이 있을 수 있단 말인가? 햇빛 알레르기의 좋은 점이 존재할 수 없는 것처럼, 모든 것이 완벽한 여행도 존재하지 않는다. 완벽한 여행은 오직 남의 SNS에만 존재할 뿐이다. 지금 이 사진은 어떤 풍경으로 보이는가? 고즈넉한 시골길 위에서 귀여운 강아지들이 노니는 풍경? 사실, 온 동네 개들이 동시에 몰려나오며 미친 듯이 짖어 뒷걸음치며 도망가는 중이었다. 물론 이 사진도 나의 SNS 상에서는 평화로웠다.

Chiang Mai, Thailand

모든 요일의 여행 : 19

Beaune, France

책 안에 가지런히 정리되는 여행 같은 건 없다.

여행은 언제나 구멍 난 양말 같고,
단숨에 들이켜는 커피 같고,
마른 빵 쪼가리 같았다가,
하얀 식탁보 위의 식사 같고,
기포가 뽀글뽀글 올라오는 샴페인 같았다가도
순식간에 구정물로 변해버린다.

그리하여 평생 결코 모를
어떤 것에 대해 말하라고 한다면
나는 여행을 말할 것이다.
여행이야말로 나는 진짜 모르겠다고.
모르니까 계속할 수밖에 없다고.
끝까지 해보겠다고.

처음 보는 우리를 위해 기꺼이 자기 집을 내주는 천사,
처음 만난 우리를 위해 낯선 길을 함께 걸어주는 천사.

천사를 만나는 여행

선배 언니와 경주에 갔다. 1박 2일의 일정으로. 한 사람당 회비는 6만 원. 대학교 때의 일이다. 서울에서 경주까지 왕복 차비만 해도 5만 원이었는데, 도대체 어쩔 생각이냐고 선배 오빠들이 물었다. 그때마다 우리는 대답했다. 이십 대답게. "바닷가에서 맥주 마시며 신문지 덮고 자려고요." 진심이었다. 5월이었다. 경주는 남쪽이니 서울보다는 따뜻할 것이라는 계산이었다. 아니, 솔직히 말하면 아무 계산도 없었다. 어떻게 되겠지 싶은 마음만 있었다.

봄이었고, 경주였다. 어딜 가든 봄이 만발했고, 어딜 가든 유적지가 발에 치였다. 버스비도 아낄 겸 많이 걸었다. 빈속에 황남빵 하나씩을 넣었다. 한 박스에 만 원이나 하길래, 천 원어치만 파시면 안 되냐 물었더니 귀찮다는 표정으로 아저씨가 두 개 줬다. 소중하게 잘 받아먹고 또 많이 걸었다. 정확하게 어딜 다닌 건지는 기억나지 않는다. 흰색 니트를 입었던 것 같은데 어울리지 않았던 것만 기억난다. 어울리지 않는 옷을 입고 언니만 잘 따라다닌 것도 기억난다. 언니는 늘 꼼꼼했고, 늘 나를 잘 챙겼으니까. 우리는 늦도록 그렇게 걸어 다녔다.

해가 저물고, 마침내 시간이 되었다. 바닷가로 갈 시간. 망설임 없이 히치하이킹을 했다. 삼십 대 초반의 젊은 부부가 우리를 감포 가는 버스가 있는 정류장에 내려주었다. 해는 금방 졌고, 정류장은 깜깜했고, 버스는 잘 오지 않았다. 한참이나 기다렸다. '감포'라는 글자가 선명하게 적힌 버스가 오길래 얼른 탔다. 이 여행에서 명확하게 기억나는 건 버스에서 내린 이후부터다.

감포에 다 왔다길래 버스에서 내렸다. 하지만 어디로 가야 할지 감이 오지 않았다. 지나가는 고등학생들을 붙잡았다. 여학생 두 명이었다.

"저기…… 감포해수욕장으로 가려는데 어느 쪽이에요?"

"아, 여기는 해수욕장 있는 데가 아닌데. 여기는 감포 포구예요. 해수욕장은 여기서 한참 더 가야 하는데…… 근데, 버스가 있으려

나? 지금 이 시간이면 끊겼을 텐데, 그래도 혹시 모르니까 저쪽으로 쭉 가보세요."

아이들의 손가락 방향을 따라 우리는 뛰었다. 그 달리기 끝에 확인한 것은, 오늘 막차는 이미 끊겼다는 이야기뿐이었다.

"언니, 어떡하지?"

"우선, 밥부터 먹자. 하루 종일 황남빵 하나밖에 못 먹었잖아."

불 켜진 아무 식당이나 들어갔다. 떡볶이와 김밥을 시켰다. 둘 다 별말이 없었다. 어떡해야 할지 둘 다 몰랐기 때문이다. 그때, 분식집 밖에 서서 오뎅을 먹던 학생들이 우리와 눈을 마주쳤다. 아까 그 아이들이었다. 그들은 우리를 보더니 놀라는 눈치였다. 한참 자기들끼리 쑥덕쑥덕 이야기를 하더니, 가게 안으로 들어왔다.

"버스 못 타신 거예요?"

"네. 끊겼더라고요."

"그럼 오늘 이 동네에서 주무시는 거예요?"

"네. 원래 계획은 감포해수욕장에서 자는 거였는데."

뭐 이런 사람이 있냐는 눈빛으로 아이들은 우리를 보더니 가게 밖으로 나갔다. 이젠 동네 친구들도 가세했다. 자기들끼리 또 쑥덕쑥덕. 그러더니 다시 안으로 몰려 들어왔다.

"오늘 잘 곳이 없으신 거예요?"

"네."

"제가 아는 민박집이 있는데, 거기 소개해드릴까요? 하루에 3만 원인데."

"저희가 돈이 없어서. 실은 이것도 오늘 첫 식사예요."

그 아이들의 황당함은 풍선처럼 부풀어 올랐다. 이 사람들 어쩌나, 이 대책 없는 언니들을 도대체 어쩌나, 회의 시간이 길어졌다. 아이들은 다시 우리 테이블 쪽으로 왔다.

"저기…… 오늘 우리 할매가 친척집에 가서 쪽방이 하나 남는데, 거기서라도 주무실래요?"

"정말 그래도 돼요?"

"네, 뭐 어차피 비는 방인데요, 뭘."

"감사합니다. 저희는 그러면 너무 좋죠."

그렇게 우리는 갑자기 천사를 만났다. 여행을 떠나면 유난히 자주 만나게 되는 바로 그 천사들. 처음 보는 우리를 위해 기꺼이 자기 집을 내주는 천사, 처음 만난 우리를 위해 낯선 길을 함께 걸어주는 천사, 불쑥 나타나 우리를 도와주는 수많은 천사들. 그 천사들을 이번엔 경주에서 만난 것이다.

천사들의 집에 들어가는데 빈손으로 갈 수는 없었다. 근처 편의점으로 들어갔다. 우리를 위해 맥주 한 캔씩을 사고, 아이들을 위해 아이스크림을 샀다. 아이스크림을 내밀었더니 아이들의 눈은 먼저 우리의 맥주에 꽂혔다. 민망해서 우리는 맥주를 숨기며 말했다. "고등학생이라서…… 그래서 아이스크림을 샀어요." 아이들이 쿡쿡 웃었다. 키 큰 여자애는 표정 변화도 하나 없이, "저희 신경 쓰지 말고 드세요"라고 그러는데, 키 작은 여자애의 얼굴이 간질간질했다. 결국 못 참고 키 큰 여자애를 가리키며 말했다.

"얘는 중학교 2학년 때 응급실에 실려 갔어요."

"어머, 어쩌다가."

그만하라며 친구 옆구리를 쿡 찌르더니 키 큰 여자애는 별일 아니라는 듯이 말했다.

"하루에 소주를 두 병씩 마셨거든요. 안주 없이. 그래서 위에 구멍이 났었어요. 이젠 안 마셔요."

알고 보니 술 때문에 위에 구멍도 난 천사였다. 무슨 상관인가. 지금 내게 천사인 걸. 그 천사 덕분에 우리는 무사한 걸. 머쓱한 웃음을 지으며 아이들은 방을 나갔고, 우리는 맥주를 마시고 자리에 누웠다. 그리고? 나는 또 기억이 없다. 바닥에 머리만 닿으면 깊이 잠드는 습관 때문에.

아침에 일어났더니 언니는 영 못 잔 얼굴이었다.

"언니, 잠 못 잤어요?"

"야, 난 한숨도 못 잤어."

"왜요?"

"쟤들 장난 아니야. 온 동네 친구들 다 몰려와서 밤새도록 포커

쳤어. 진짜 시끄러워서 한숨도 못 잤는데, 너도 참 대단하다. 너는 한 번을 안 깨고 잘 자더라."

알고 보니 술 때문에 위에 구멍도 나보고, 밤새도록 포커도 치는 천사들이었다. 누군가는 날라리라고 부르는 천사들일지도 몰랐다. 동네의 골칫거리인 천사들일지도 몰랐다. 무슨 상관인가. 결국 이 여행에서 기억나는 건 이 천사들뿐인데. 불국사도, 석굴암도, 경주 남산도 어슴푸레하지만 이 천사들만은 이토록 또렷한데. 15년이 지났는데 대화까지 생생한데.

앞으로도 내게 경주는 많을 것이다. 하지만 그때의 그 경주는 다시 없을 것이다. 천사들은 그렇게 쉽게 만날 수 있는 존재가 아니니까.

2014, 부산

모든
요일의
여행 :
20

Lyon, France

아무도 없다.
나를 아는 사람도.
내가 아는 사람도.

아무것도 없다.
내가 해야만 하는 것도.
내가 하지 말아야 하는 것도.
내가 지금 가야만 하는 곳도.
지금 있어야만 하는 곳도.

'나'를 지탱해주던
모든 것이 사라졌다.

지금부터는 모든 것이 '나'의 선택이다.
내가 선택한 모든 것이,
선택하지 않은 모든 것이
모두 내 자신이 된다.
버스가 없어 낙담하는 것도 '나'고,
상관하지 않고 낯선 곳으로 떠나는 것도 '나'다.
지금 거기를 선택하는 것이 '내 여행'이 되고,
지금 거기 가지 않기로 선택하는 것도 '내 여행'이 된다.
잔뜩 준비해온 정보들을 버리기로 선택하는 것도 '나'고,
촘촘히 짜놓은 스케줄대로 움직이기로 결심하는 것도 '나'다.

그 모든 '나'를 단숨에 만나게 되는 건
오직 여행을 떠났을 때뿐인 것이다.

이 문장만은 쓰고 싶지 않았다.
이 뻔하디뻔한 문장을
나만은 쓰고 싶지 않았다.
하지만 나에겐 이 진실을
다른 문장으로 표현할 수 있는 능력이 없다.
결국 이 문장은 단단한 진실이 된다.

'여행을 떠나, 나를 찾는다.'

Paris, France

지금, 이곳에서, 모든 요일의 여행은 다시 시작이다.

망원동 여행

나는 대구 출신이다. 대구에서 태어났고, 20년을 대구에서 살았다. 남편은 울산 출신이다. 울산에서 태어났고, 역시나 20년을 그곳에서 살았다. 그리고 우리 둘은 서울 망원동을 고향이라 생각한다. 안다. 이 결론은 모순으로 가득하다. 심지어 망원동에 1년밖에 안 살았을 때 내린 결론이다. 우리의 고향은 망원동이라고. 그리고 우리는 몇 번의 이사를 감행하면서도 이 동네를 고집하고 있다. 떠날 수 없다고 말하고 있다. 여기가 우리 고향이니까요. 망원동이 우리 고향이라니까요. 누가 함부로 고향을 떠나나요?

처음부터 이 동네를 잘 알았던 건 아니다. 아니 이런 동네가 있는 줄도 몰랐다. 신혼집을 구하러 돌아다니다가 홍대에서 밀려 밀려 이 동네까지 들어오게 되었다. 부동산 아저씨의 차가 낯선 동네 커다란 운동장 옆을 지나는 순간 어디 외국에 온 건 줄 알았다. 무슨 잠실구장도 아니고, 저렇게 큰 운동장이 왜 동네에 있지? 이상하게 낭만적이었다. 운동장 끝에는 아파트 하나가 덜렁 서 있었다. 막연하게 저 집이면 얼마나 좋을까 생각했다. 내 생각을 읽은 것처럼 부동산 아저씨는 그 집 앞에 차를 세웠다. 어쩌자고 우리를 그 아파트로 안내했을까. 그 집 거실에 서서 운동장을 내려다보았다. 농구를 하는 사람들, 족구를 하는 사람들, 걷는 사람들로 운동장은 북적였다. 한켠에서 꼬마들은 똑같은 운동복을 입고 소리를 지르며 축구를 하고 있었다. 봄이어서 그런 걸지도 모르겠다. 오후 다섯 시의 햇살 때문이었는지도 모르겠다. 나는 순간 모든 판단을 중지했다. 그냥 그 집이었다. 나는 그 집이어야 했다. 현실과 꿈 사이에 그 집이 있는 것 같았다. 위험한 계약이었다. 문제가 복잡했다. 하지만 그 집에 살고 싶다는 열망 하나로 그냥 전세 계약을 해버렸다. 그렇게 망원동의 생활이 시작되었다.

그 운동장이 단순히 운동장이 아니라는 건 이사 후에 알았다. 택시 기사님들마다 망원동에 가달라고 말하면 마치 짠 것처럼 같은 말을 했기 때문이다. "그 동네 요새도 물에 잠겨요?" 또는 "거기 여름만 되면 수해가 나서……." 심지어 한 기사님은 이런 말까지 했다. "거기가 옛날에 김일성한테 쌀 받은 동네잖아요." "네? 김일성이요?" "80년대였나, 거기가 물난리가 나서……." 김일성이라니. 내가 모르는 망원동의 시간을 택시 기사님들이 드문드문 메꿔줬다. 비가 오면 어김없이 물에 잠기는 동네였다는 걸 동네 식당 사장님도 말해줬다. "그냥 비만 오면 1층까지는 다 잠겼다고 보면 돼요. 근데 유수지가 생겨서 그다음부터는 안 그래요." 사장님의 말이 거짓말이 아니라는 건 비가 많이 오던 어느 여름날에 밝혀졌다.

억수 같은 비를 뚫고 운동장에는 방송이 울려 퍼졌다. "모두 유수지에서 나가주시기 바랍니다. 차도 다 빼시길 바랍니다." 사람들이 나가고, 차들이 운동장을 비우자, 운동장 양 끝에 있는 수문이 열렸다. 평소에는 있는지도 몰랐던 수문이었다. 물이 콸콸콸콸 들어왔다. 순식간에 그 큰 운동장이 물로 가득 찼다. 분명 운동장이 있는 풍경이었는데 호수가 있는 풍경이 완성되어버렸다. 그렇다. 운동장의 이름은 망원유수지. 遊水池. 말 그대로 물이 노는 땅. 필요할 때 물들이 놀다 나가는 땅. 여름엔 비가 놀며 호수를 만들고, 겨울이면 눈이 놀며 하얀 벌판이 되는 땅. 그 땅 옆에 우리 집이 있었다.

2011. 망원동 여름

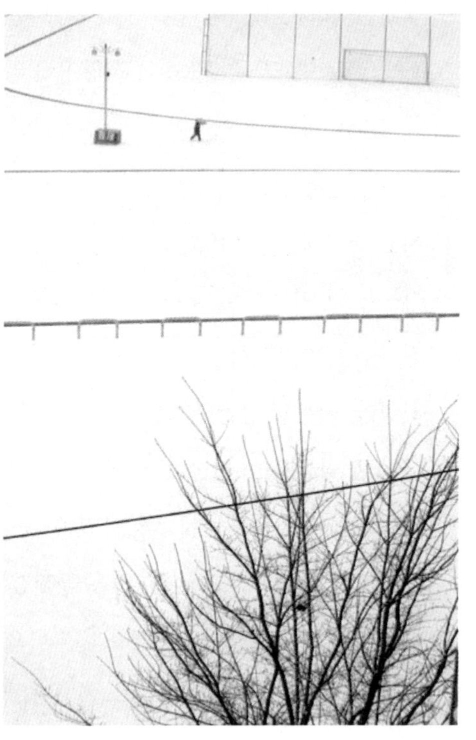

2010, 망원동 겨울

스무 살. 서울에 올라와 처음 구한 학교 앞 단칸방. 그 창문가에서는 누군가가 매일 고양이 소리를 내며 울었다. 나와 몇 살 차이나지 않아 보이는 고양이 소녀를 보살피는 사람은 늘 할머니뿐이었다. 어쩌면 부모가 떠나버린 걸지도 모른다는 생각을 했다. 할머니 옆에서 소녀는 학교도 안 가고 늘 고양이 소리를 내며 울었다. 슈퍼 평상에 할머니와 동네 아줌마들 사이에 앉아서도 고양이처럼 행동하고 고양이처럼 울었다. 나는 창문을 닫고 살았다. 지나다니는 사람들의 시선 높이에 내 손바닥만 한 창문이 있었기 때문이었다. 한여름에도 창문을 안 여는 나를 보며 친구는 혀를 내둘렀다. 밖에서 소녀가 울건, 담벼락에 술 취한 학생들이 구역질을 하건, 나는 단칸방에 갇혀 있었다. 아무도 궁금하지 않았던 스무 살이었다. 오직 나 자신만 궁금하고, 나 자신이 감당이 안 돼 끝없이 침잠하는 스무 살이었다.

그때 내가 망원동에 살았다면 어땠을까? 그렇게까지 단칸방에 갇혀 있었을까? 어느 날 문득, 궁금해졌다. 집 안에서 설거지를 하다가 갑작스러운 소나기에 뛰어나간 날의 일이다. 남편이 우산도 없이 슈퍼에 갔기 때문이다. 억수 같은 비에 바지는 순식간에 다 젖었고, 앞도 안 보일 지경이었는데, 남편도 안 보였다. 어디로 간 거지 두리번거리는 내 앞에 차 한 대가 섰다. 슈퍼 아저씨와 남편이었다. 비가 너무 많이 내린다며 슈퍼 아저씨는 나까지 태웠다. 아무 일도 아니라는 듯이 우리 집 앞에 우리를 배달해놓고 돌아가셨다. 아저씨에게 인사를 거듭하며 곰곰이 생각했다. 아무도 생각나지 않았다. 10년 넘게 서울에 살면서, 수많은 집들을 떠돌면서, 수많은 집 앞 슈퍼들을 거쳤을 텐데, 아무도 생각나지 않았다. 고양이 소녀는 늘 동네 슈퍼 평상에 할머니와 같이 앉아 있었는데, 고양이 소녀는 얼굴도, 목소리도 기억나지만 슈퍼 아줌마는 기억나지 않았다. 지금 슈퍼 아줌마 아저씨와는 지나갈 때마다 인사하고, 말을 걸고, 시시껄렁한 농담도 나누는데. 심지어 비 온다고 아저씨가 집에 데려다주기까지 하는데. 만약에 어두운 이십 대 때 내가 망원동에 살았다면 어땠을까?

그게 시작이었다. 이 동네가 수상하다고 느낀 건. 퇴근길, 네일숍이 비어 있길래 나도 네일케어라는 걸 한번 받아보자 싶어 들어갔다. 한 시간이나 걸려 손톱을 다듬어주더니 돈을 안 받았다. 마침 예약이 취소되어 심심했던 참이라고. 커피집 아저씨는 커피를 내줄 때마다 자꾸 새로운 메뉴라며 사과차를, 제주도 커피를, 밀크티를 우리 앞에 수줍게 내밀었다. 세상에서 제일 맛있는 전을 부칠 줄 아는 전 가게 사장님은 지나가는 우리를 불러 맥주를 먹였다. 뭐가 이래. 왜 다들 이렇게 인심이 넘치는 거야. 여기 서울 아니야? 심지어 이 동네에는 프렌차이즈 빵집도 드물었고, 프렌차이즈 커피집도 없었다. 동네 사람들이 장사를 하고, 동네 사람들이 소비를 하는 구조다 보니 자연스럽게 서로를 알게 되었다. 부동산 아저씨가 지나가다가 우리에게 노가리를 사주고, 김밥집 아줌마와 수다를 떨고, 참치집 사장님의 아들 소식을 자연스럽게 듣는 일이 잦아졌다. 스무 살 마음의 단칸방에서 벗어나지 못한 나는 그 모든 상황이 어색하기만 했다. 하지만 얼굴을 아는 가게들이 점점 늘어났다. 걸어가다가도 인사를 하는 사장님들이 많아졌다. 안부가 궁금한 사람들이 많아졌다. 마음속 단칸방에서 벗어나 나는 어느새 망원동 주민이 되었다. 문득 그렇게 되어버렸다.

서울의 중심에 한강이 흐르는 것처럼 망원동의 중심에는 망원시장과 월드컵시장이 흐른다. 모든 계절은 가장 정직하게 시장에 도착한다. 봄이 오나 싶으면 어김없이 쑥과 냉이가 시장에 넘쳐난다. 그때그때 가장 싼 재료로 장을 봤을 뿐인데, 그때그때 가장 신선한 계절이 집에 도착한다. 마트에서는 좀처럼 안 읽히던 계절이 여기서는 순식간에 읽혔다. 비가 많이 오는 것과 과일 값이 연결되어 있다는 것, 비가 적게 오는 것과 야채 값이 연결되어 있다는 것, 그 모든 것을 시장이 나에게 가르쳐주었다. 간단한 조리법들도 시장의 아줌마들이 다 알려주었다. 퇴근길에 만 원만 쓰면 시장은 순식간에 나를 부자로 만들어주었다. 회사가 있는 강남에서는 밥 한 끼 사먹을 돈으로 여기서는 일주일치 장을 보고도 남았다.

대파를 깨끗하게 다듬어서 파는 집을 알게 되었다. 뜨끈뜨끈한

두부 한 판이 순식간에 팔려나가는 집을 알게 되었다. 국산콩으로 두부를 만들어 파는 집도 이제는 안다. 돌김을 맛있게 구워 파는 집을 안다. 아줌마에게 잘라달라고 말하면 6등분으로 정확히 나눠준다. 내가 잘라도 되지만 아줌마가 능숙하게 자르는 모습을 보는 게 좋아서 맨날 잘라달라 말한다. 갓 튀긴 고추튀김을 파는 가게를 안다. 하나에 천 원인데 이천 원을 내면 세 개를 슬쩍 주기도 한다. 오늘은 고추 크기가 작다며. 레몬 다섯 개에 이천 원도 안 하는 집도 안다. 그 집은 실은 뭐든지 지나치게 싸다. 열무김치가 맛있는 집을 안다. 여름에 삼천 원어치만 사도 된장에 비벼 먹고 국수에 말아먹고 목마르면 마시고 내내 입이 즐겁다. 다 손질된 해물탕 재료를 파는 생선가게도, 어디보다 깨끗하게 손질된 생선을 파는 생선가게도 안다. 제대로 된 꼬막을 사고 싶다면 또 다른 생선가게가 있다. 남편이 절대 그냥 지나치지 못하는 꽃집도 안다. 그 모든 시장의 끝에는 내가 좋아하는 카페도 있다. 안에 비밀의 정원이 있는데, 거기에 가면 갑자기 영국에 온 것 같은 기분이 든다. 밑도 끝도 없이 영국 기분이 났다.

이것이 나의 자랑이다. 우리 동네에 시장이 있고, 내가 그 시장 구석구석 가장 맛있는 집을 알고 있다는 것. 그곳이 있기에 마트에 가지 않는다는 것. 아니, 마트에 갈 필요가 없다는 것. 죄책감 때문에 억지로 시장에 가는 것이 아니라는 점은 중요했다. 죄책감이 원동력이 아니라, 나의 필요 때문에 가는 시장. 그런 시장이 진짜 건강한 시장이니까. 망원시장과 길 건너 월드컵시장은 그런 시장이었다. 마트보다 더 싱싱한 과일과 야채들이 마트보다 훨씬 싼 가격에 나와 있는데 도대체 왜 내가 마트에 가야 한단 말인가? 그래서 시장 양 끝으로 마트가 있는데 또 마트가 들어오려 한다는 소식에 분노했다. 그리고 몇 년에 걸친 싸움 끝에 마트가 백기를 들었다는 뉴스를 보았을 때 나는 의자에서 벌떡 일어났다. 그리고 회사 사람들에게 우리 동네 시장을 자랑하기 시작했다. 우리 동네 시장이 무사하다는 사실을 끝없이 자랑했다.

물론, 왕자님과 공주님은 오래오래 행복하게 살았답니다와 같은 결론이 현실에 있을 리 만무하다. 시장 주변에는 지금 또 대형 마트가 들어오려고 준비 중이다. 하지만 시장은 갖가지 방법으로 살아남으려고 애쓰고 있다. 신기한 일은, 그 진심에 답하는 진심이 있다는 사실이다. 그 모든 몸부림에 사람들은 콘서트로, 이벤트로, 촛불로, 그러니까 알고 있는 모든 방법으로 응원을 하는 중이다. 시장에 와서 데이트를 하고 있는 커플이 생겼다. 멀리서 아이들을 데리고 구경을 온 가족들이 생겼다. 평범한 가게 앞에 긴 줄이 생겼다. 수십 년 된 가게가 지금 가장 뜨거운 가게가 되었다. 잊고 있었던 풍경을 간직한 것만으로도 우리 동네 시장은 뜨거운 시장이 되었다.

시장뿐만이 아니었다. 이 동네엔 잊고 있었던 풍경이 즐비했다. 아니, 정확히 말하자면 경험한 적도 없지만, 묘하게 그리운 풍경이 골목마다 고개를 빼곡히 내밀었다. 반들반들하게 닦아도 궁핍함을 숨길 수 없는 삶들. 정리를 해도 김장 대야가 밖에 뒹굴 수밖에 없는 삶들. 집 안에 냉장고를 둘 곳이 없었는지, 길가에 냉장고를 내놓고 쓰는 집도 있었다. 냉동실에도 냉장실에도 자물쇠가 걸려 있었다. 냉장고를 둘 자리가 없는 집, 화장실 하나를 여러 집이 같이 써야 하는 집. 망원동엔 그런 집이 많았다. 사람들이 지나다니는 길 담벼락에 길게 빨랫줄이 걸려 있고, 그 위로 할머니들의 몸빼바지가 꽃처럼 피었다. 네모반듯한 아파트들 사이로 쪽방촌들이 숨 쉬고 있었다. 이 동네엔 유난히 빈 휠체어와 빈 유모차를 끌고 다니는 할머니들도 많았다. 얼마 지나지 않아 그게 폐지를 줍는 용도라는 걸 알게 되었다.

그래도 이 동네는 괜찮았다. 괜찮다고 생각하고 싶었다. 다들 비슷비슷하게 살았으니까. 너무 잘사는 사람들이 우리를 주눅들게 하는 풍경은 없었으니까. 그래서 아파트들 사이로 나지막이 자리잡은 쪽방촌들은 내게 가난하기보다 다정한 풍경이었다. 어떤 곳은 그곳에 사는 할머니들이 직접 그린 꽃들로 벽들이 알록달록했고, 할머니들이 직접 그린 그림으로 문패까지 만들어서 걸어두었다. 젊은 사람들이 할머니의 손을 화가의 손으로 바꿔놓은 것이다. 나는 그게 그렇게 좋을 수가 없었다.

하지만 내가 보기에 좋아하는 것과 정말 그곳에 사는 일은 완전히 다른 일이었다. 나는 그곳에 살 자신이 없었으니까. 말짱한 집에 사는 미안한 마음과 그들은 계속 여기서 무사했으면 하는 간절한 마음이 아침저녁으로 겹쳐졌다. 누군가가 귀띔해주었다. 한강변으로 유일하게 개발이 안 된 동네가 망원동이라고. 그 말이 반가우면서도 동시에 걱정스러웠다. 그 빈틈을 누구보다 빨리 알아채고 누구보다 빨리 손을 뻗는 자본의 속성을 알기 때문이었다.

어느 여름밤, 동네에서 술을 마시고 휘적휘적 집으로 돌아오다 낯선 골목으로 접어들었다. 그 골목에는 유난히 빨간 깃발들이 많이 펄럭이고 있었다. 노란 가로등불 곁에서 빨간 깃발들이 바람에 흩날리는데 묘하게 아름다우면서도 위태로운 느낌이었다. 남편이 말했다. "재개발에 반대하는 집들이 저렇게 빨간 깃발을 걸어둔 거야." 소리 지르는 깃발이었다. 나는 그냥 여기에 살겠다고. 내 집에, 지금까지 그래온 것처럼 평범하게, 화려하지 않아도 소박하게, 망원동에 살겠다는 선언이었다. "얼마나 버틸 수 있는 걸까?" 남편은 내 질문에 대답이 없었다. 어렵다는 걸 그는 직감한 탓이었다. 싸움은 길었고, 자본은 치밀했다. 결국 마트를 밀어낸 망원동 주민들이었지만, 이 싸움까지 확신하는 사람은 드물었다. 몇 년간의 지리한 싸움 끝에 이제 깃발은 다 사라졌다. 그곳에 사는 사람들도 다 사라졌다. 지금 그 자리에는 큰 아파트 단지가 들어서려고 하고 있다.

또 어느 날은 집 앞 커다란 빌라에 창문이 다 깨져 있었다. 무슨 일인지 가까이 갔더니 이미 사람들이 다 떠난 뒤였다. 마지막으로 짐을 차에 싣던 사람이 화를 꾹꾹 누르며 말했다. "당했어요." 벽지가 찢겨 나가 있고, 인형이 나뒹굴고 있고 장독이 깨져 있는 그 풍경 앞에서 나는 또 막막했다. 또 어느 날은 쪽방촌 앞에서 허리가 다 굽은 할머니들이 한숨을 내쉬고 있었다. 쪽방촌에 가림막이 세워지고 냉장고는 사라졌다. 그곳에 사는 사람들도 어디론가 다 떠났다. 그 자리엔 또 번쩍번쩍하는 원룸이 들어섰다. 다들 어디로 간 걸까. 갈 곳이 있긴 했던 걸까. 한숨은 길어졌다.

마음이 복잡한 건 문제가 복잡했기 때문이다. 자신의 사명을 다 한 건물들이었다. 위태한 건물들이었다. 그 안의 삶도 위태하긴 마찬가지였다. 내가 다정한 풍경이라 아무리 좋아한들 나는 그 안의 삶을 전혀 모르고 있었다. 나는 편한 아파트에 살면서 누군가에게 길가에 나와 있는 냉장고를 강요할 수는 없는 일이다. 그래서 늘 미안한 마음이 겹쳐졌다. 개발은 필요했다. 붕괴 직전의 건물이 많았다. 하지만 개발을 한다고 그들이 그 냉장고를 들고 다시 잘 지어진 집에 들어와 살 수 있는 일도 아니다. 자본이 거기까지 배려해줄 리가 없었다. 최선은 무엇일까. 최선을 안다고 한들 그게 실현될 가능성은 있을까. 내가 좋아하는 망원동의 풍경 앞에서 나는 늘 마음이

2012, 망원동

2012, 망원동

2012, 망원동

복잡해진다. 간단한 문제는 하나도 없다.

내 고향 망원동은 지금 들썩이고 있다. 인터넷에 망원동 맛집 정보들이 떠돌아다니고, 주말이면 외부 사람들이 일부러 망원동을 구경하러 온다. 단골 카페는 너무 유명해져버려서 그곳에서 커피 마시는 건 이제 꿈도 꿀 수 없다. 좀 예쁘다고 생각했던 가게 앞에는 어김없이 긴 줄이다. 자주 가던 시장 밥집은 어느 날 사라졌다. 작은 가게들이 옹기종기 모여 있던 건물은 어느새 대형 고깃집으로 바뀌었다. 유난히 커다란 주차장이 있던 고깃집은 이제 중국 면세점이 되었다. 조금 허름하다 싶은 건물들은 어김없이 공사장으로 바뀌고, 순식간에 으리으리한 새 건물이 우뚝 솟아난다.

출근길에 곳곳에 붙어 있는 세탁소 전단지를 보았다. '9월 24일. 미광세탁소 폐업.' 처음엔 무심히 지나쳤다. 며칠이 지나서야 나는 그 전단지의 뜻을 알아챘다. 곧 세탁소가 문을 닫으니, 옷 맡겨놓은 분들은 다 찾아가라는 전단지였다. 아득해졌다. 산발적인 사태들은 이제 거대한 흐름이 되어 있었다. 우려했던 일들이 하나둘씩 현실이 되고 있었다. 뜬다 하는 동네에서는 어김없이 일어나는 일, 젠트리피케이션. 원래 살던 사람들이 하나둘씩 못 버티고 이 동네를 떠나는 것이다. 아직까지 심각한 수준은 아니지만, 안심할 수는 없는 단계다. 변화는 점점 더 빨라지고 있다. 피부로 느껴질 정도다. 망원동은 변하고 있다.

물론 반가운 변화도 많다. 망원동이 뜬다는 소식에 부랴부랴 생겨난 가게들도 있지만, 망원동 특유의 분위기에 살며시 스며들며 생긴 가게들도 많기 때문이다. 작은 쿠키 가게, 작은 서점, 작은 카레 가게, 작은 디저트 가게, 작은 뜨개질 가게, 작은 장난감 가게, 작은 도자기 공방, 작은 가죽 공방 등. 작게, 조용하게, 소박하게. 그런 가게들은 금방 표가 난다. 그 주인들과 이야기를 해보면 모두 같은 바람이다. 천천히, 최대한 천천히, 변하길. 그 변화가 망원동 특유의 다정함을 해치지 않길.

계속 심란할 수는 없었다. 겨우 몇 년 산 주제에 이방인들이 내 고향을 뺏어간 기분까지 든다며 흥분하는 건 비이성적인 반응이었다. 그 마음을 다독이며 다시 생각했다. 늘 침수된 이 동네에 유수지가 생겨서 더 이상 물난리가 나지 않는 것처럼, 그때 같이 지은 아파트에 고맙게도 내가 들어와서 사는 것처럼, 영원히 변치 않는 것은 없는 법이다.

그렇게 마음을 먹고 주변을 둘러보니 내가 할 수 있는 일은 하나뿐이었다. 이 동네를 더 열심히 여행하는 것. 더 열심히 골목골목을 돌아보고, 더 열심히 그 변화를 기록하는 일. 이 동네가 좋아서 이 동네에 가게를 차리게 된 작은 가게 주인들과 이야기를 나누고,

그들과 같이 이 변화가 조금만 더디길 빌며 맥주 한 잔을 마시는 일. 그렇게 매일 이 동네를 떠나 다시 이 동네로 돌아오며 이 동네의 변화에 민감해지는 일. 망원동 여행자가 되는 일. 어쩌면 내가 할 수 있는 일은 그뿐일 것이다.

그렇게 동네에서 가장 게으른 목련을 알게 되었다. 동네에서 가장 부지런한 은행나무를 알게 되었다. 4월에 모든 꽃들이 다 지고 나면 그제야 피어나는 이팝나무들도 알게 되었다. 한 할머니의 베란다 아래 길고양이가 새끼 고양이 다섯을 낳은 소식도 듣게 되었다. 망원시장에서 그때그때 장을 봐서 제철 음식을 내놓는 식당도 알게 되었다. 시시콜콜한 집안 이야기까지 다 풀어놓는 사장님 부부도 알게 되었다. 새롭게 피어나는 꽃 같은 얼굴들을 많이 알게 되었다.

매일 더 부지런한 동네 여행자가 되자고 마음을 먹는다. 멀리 떠나는 것만이 여행은 아니니까. 멀리 여행을 떠나 비싼 수업료를 내고 배운 것은 결국 여행자의 마음가짐이니까. 그 마음가짐으로 내 고향을 여행해보자고 마음을 먹는다. 내 고향은 망원동이니까. 내가 내 고향의 가장 충실한 여행자가 되는 건 어쩌면 당연한 의무인 것이다.

2015, 망원동

2015, 망원동

2015, 망원동

2015, 망원동

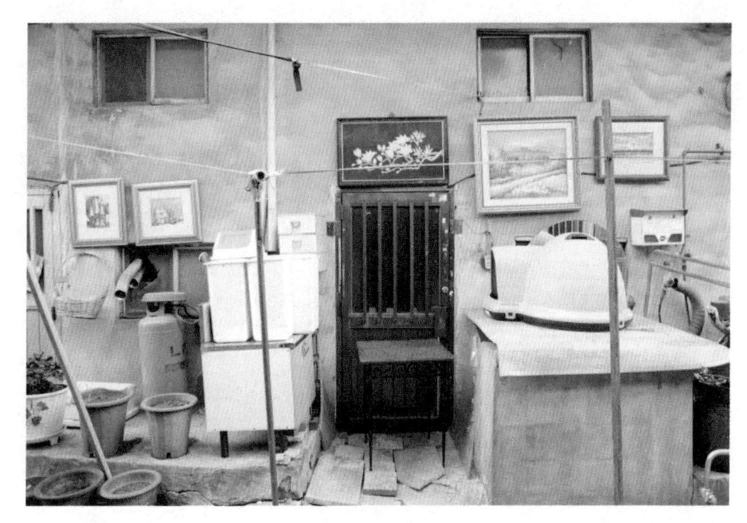

2015, 망원동

2015, 망원동

2015, 망원동

지금, 이곳에서,

모든 요일의 여행은

다시 시작이다.